POÉSIES.

POÉSIES

DÉDIÉES

A SES ÉLÈVES,

Par M. Dubreuil,

VICAIRE-GÉNÉRAL, SUPÉRIEUR DU PETIT-SÉMINAIRE DE SAINT-PONS,
ANCIEN PROFESSEUR D'ÉLOQUENCE A L'ÉCOLE
DE SORÈZE.

SAINT-PONS,

DE L'IMPRIMERIE DE SEMAT, LIBRAIRE.

1847.

VISION DE COLOMB.

ODE

Qui a obtenu un Souci réservé,

Au Concours des Jeux Floraux.

... Dans cette mer alors navigable, vis-à-vis
le détroit que vous appelez les Colonnes
d'Hercule, s'élevait une île plus grande
que l'Asie et la Lybie ensemble.
Platon (*Timée*).

Deux jours étaient passés ; désespérés et mornes,
Les soldats à Colomb montrant la mer sans bornes,
Criaient, le glaive en main : Ou la terre, ou la mort !
Mais, tranquille et des cieux écoutant l'harmonie,
Le héros leur disait, sur la foi du génie :
Amis, un jour, un jour encor.

Un jour, ô mes amis! bientôt naîtra l'aurore;
A mes derniers regards une autre fois encore
Laissez voir le soleil; il va luire si beau!
Demain j'ai l'avenir, demain je trouve un monde!
Demain je ne meurs plus! de ma gloire féconde
Un monde sera le berceau.

Le jour à son lever n'éteint point sa lumière;
Laissez-moi comme lui parcourir ma carrière.
Non, je ne puis mourir; un monde aussi m'attend!
Ce monde est près de nous; il est là, je le jure
Par tout ce que je vois, par toute la nature,
Par mon cœur ému qui le sent.

J'en jure par ces cieux tout pleins de sa présence,
Par l'hymne universel, par ce concert immense
Où manque une des voix de la création;
J'en jure par le Dieu qui finit son ouvrage
Et qui n'a devant nous déroulé qu'une page
Du livre où fut gravé son nom.

Oui, s'il fit d'autres cieux, il est une autre terre;
Aurait-il sur la mer aveugle et solitaire
Vainement allumé d'innombrables flambeaux?
Il est des yeux ouverts à ces clartés fécondes;
Pour abriter ici quelques magiques mondes
Il fit ces pavillons si beaux.

Monde tant pressenti, qui nous pressents peut être,
O toi dont la beauté commence à m'apparaître
Dans celle des soleils qui brillent à tes yeux,
Reçois-nous dans ton sein, laisse-nous sur tes rives
Oublier nos douleurs comme d'heureux convives
A des banquets délicieux!

Parais tel qu'autrefois quand des rêves de flamme
Comme une voix du ciel passaient sur ma jeune âme,
Quand tu me révélais ta beauté vierge encor,
Quand je voyais au loin se dérouler tes plaines
Et tes fleuves géants dont les eaux souveraines
Se jouaient sur un sable d'or.

J'enrichirai tes bords des dons que font éclore
Et l'Europe et l'Afrique et l'Inde où naît l'aurore;
Nos peuples avec toi sauront s'entretenir;
Et la Religion, cet ange tutélaire,
Qui s'exile des cieux pour consoler la terre,
Dans son sein viendra nous unir.

Courage, ô mes amis! cet ange mon étoile
Eclaire mon génie et dirige ma voile;
C'est la Religion qui m'a conduit ici;
C'est elle qui me pousse à des plages lointaines,
Et qui vogue avec nous sur ces humides plaines,
Car elle cherche un monde aussi!

J'errais pensif sur le rivage,
Et d'un œil d'envie et d'amour
Je suivais sur une autre plage,
A travers un ciel sans nuage,
Le soleil conduisant le jour.

Je disais : « Source de lumière,
» Dont le flot jamais ne tarit,
» O roi de la nature entière,
» O soleil qu'une erreur grossière
» Endort dans le sein de la nuit ;

» Que ne puis-je au-delà des ondes
» M'élancer pour fuir avec toi,
» Et traversant ces mers profondes,
» Apparaître sur d'autres mondes
» Que tu connais seul avec moi ! »

Et mon âme triste et plaintive
A mon corps voulait s'arracher ;
Et pour la suivre à l'autre rive
Vers la lumière fugitive
Mes pieds semblaient se détacher.

Tout-à-coup je vis, ô merveille !
Comme moi répandant des pleurs,
Une femme aux anges pareille,

Dont les accens à mon oreille
Révélaient de tendres douleurs.

Elle disait : « Comme une mère
» J'ai bercé ce vaste univers ;
» Des peuples j'ai brisé les fers
» Et je leur deviens étrangère !

» J'ai vu pour l'odieux turban
» L'Asie abjurer ma croix sainte;
» J'ai vu les Grecs, pâles de crainte,
» Tomber aux pieds du Musulman.

» Et sous mon aile près d'éclore (1)
» Bientôt un barbare vautour
» Va dévorer les fruits d'amour
» Que mon vieux nid protège encore.

» O toi, qu'ont ravi les concerts
» Des cieux livrés à ton génie,
» Et qui sus dans leur harmonie
» Découvrir un autre univers ;

(1) Luther, élevé dans un couvent, allait bientôt enlever à l'Église une partie de l'Europe.

» Toi qui sur l'onde solitaire
» As, du haut de son char brillant,
» Vu le soleil étincelant
» Sourire vers une autre terre,

» Quitte ces bords injurieux.
» Exilés comme l'hirondelle,
» Allons nous abriter comme elle
» Sur un rivage aimé des cieux. »

Elle dit : sur les mers jonchées
Je vis des îles, belles fleurs,
Qui semblaient flotter détachées,
Par l'onde amoureuse arrachées
A des rivages enchanteurs.

J'y vis la terre si fleurie ;
Le soleil s'y levait si beau,
Que j'en oubliais la patrie,
Et tes champs, ô belle Italie !
Et Gênes mon riant berceau :

Que je regardais si des anges
Paraissaient à mes yeux ravis,

Guidant leurs célestes phalanges,
Car j'avais sur ces bords étranges
Cru voir enfin le paradis (1).

Ainsi parla Colomb. La mer fut attentive ;
Les nocturnes zéphyrs à la prochaine rive
Portèrent ces accents pleins d'extase et d'amour.
Le farouche Espagnol laissa tomber ses armes,
Et, muet à ses pieds, étonné de ses larmes,
Attendit le monde et le jour.

Tel quand les flots grondaient près du cap solitaire,
Platon à ses amis dévoilait le mystère
D'un monde merveilleux égaré sur les mers.
Tel Orphée, implorant le secours du génie,
Aux magiques accords d'une douce harmonie
Calmait les tigres des déserts.

(1) Colomb cherchait le Paradis terrestre, et espérait le trouver sur le chemin des Indes. Voyez *Journal de Colomb*.

Le Jugement d'Isaure.

POÈME
Qui a remporté le Prix
Au Concours des Jeux Floraux.

Le jour de mai cette grande feste est belle.
(Sainte-Palaye.)

Lorsque la Grèce, en proie aux farouches sultans,
Voyait loin de ses bords s'exiler ses enfans,
Quand le triste héritier de la lyre d'Homère
Portait ses doux concerts à la rive étrangère,
Par la gloire des arts un Hellène excité
Des anciens Troubadours visita la cité.
Mai, dont l'heureux sourire enchante la nature,
Couvrait alors nos champs d'une tendre verdure,
Et sous l'antique Ormel des joyeux Mainteneurs
Isaure déposant ses poétiques fleurs,
Aux combats de la lyre invitait la jeunesse.
L'Hellène dans nos jeux crut retrouver la Grèce,
Et d'une noble ardeur pour la victoire épris,

2

Il voulut dans la lice en disputer le prix.
On vint de toutes parts pour voir et pour entendre
Le cygne harmonieux des rives du Méandre.
Le premier, sur la lyre, un jeune Troubadour,
Par des accords charmans célébra tour-à-tour
Les joûtes, les tournois, la riante féerie,
Les vieux récits de gloire et de chevalerie.

« Gais Mainteneurs, écoutez-moi;
» Car je chante gloire et vaillance ;
» Mon sang a coulé pour mon Roi,
» Mon luth résonne pour la France.

» L'oiseau chante au lever du jour
» Son nid, sa compagne chérie ;
» Le paladin parle d'amour,
» Et le poète de patrie.

» Ma Muse se plait aux tournois;
» Elle aime le cri des batailles,
» Et le seigneur dont le pavois
» Brille sanglant sur les murailles.

» Elle aime à voir le fier coursier
» Quand il s'élance hors d'haleine;

» Lorsque ses pieds brisant l'acier
» Font au loin retentir la plaine.

» Elle aime aussi ce qu'au manoir ,
» Quand la peur glace la famille ,
» Le pélerin conte le soir
» Autour du sarment qui pétille.

» Elle sait pourquoi vers minuit
» Un spectre , en agitant sa chaîne ,
» Va tourmenter avec grand bruit
» La criminelle châtelaine.

» Du saint ermite du pays
» Elle redit les vieux oracles ,
» Et mieux qu'abbé de Saint-Denis
» Sait la légende et les miracles.

» Gais Mainteneurs , écoutez-moi ;
» Car je chante gloire et vaillance ;
» Mon sang a coulé pour mon Roi ,
» Mon luth résonne pour la France.

» Je vous dirai quel suzerain ,
» Pour guerroyer quittant le trône ,

» Sut dans le sang du Sarrasin
» Rougir les lis de sa couronne.

» De la lyre des troubadours
» Je dirai les grâces légères,
» Et les vertus et les amours,
» Et les combats qu'ont vus nos pères.

» Des beaux-arts antique berceau,
» Du gai-savoir belle patrie ;
» Toi dont la Muse aime l'écho,
» Le beau ciel, la rive fleurie ;

» O Toulouse, à ton souvenir,
» Mes chants comme mon cœur fidèles,
» Diront aux siècles à venir,
» Tes jeux, tes luttes immortelles.

» Et si la poétique fleur
» Qui dans votre main brille encore,
» Orne en ce jour mon luth vainqueur,
» Je vous chanterai, belle Isaure.

» Je vous le jure de par Dieu,
» Vous régnerez dans ma mémoire ;

» A toute dame de haut lieu
» Je parlerai de votre gloire.

» Gais Mainteneurs, écoutez-moi ;
» Car je chante gloire et vaillance ;
» Mon sang a coulé pour mon Roi,
» Mon luth résonne pour la France. »

Puis il chanta nos preux, nos braves chevaliers,
Et leurs grands coups de lance, et leurs exploits guerriers,
Et la mort de Roland, et le combat des Trente,
Et Beaumanoir pressé par la soif dévorante,
Buvant le noble sang qui rougissait sa main,
Et Raymond triomphant sur les bords du Jourdain.
Dames et chevaliers, servants d'amour et d'armes,
A ces chants du pays trouvèrent mille charmes ;
Isaure leur sourit : quand l'œil baigné de pleurs,
L'étranger de son luth raconta les douleurs :

« Heureux qui parle de patrie
» Près du berceau de ses aïeux ;
» Qui du chant des derniers adieux
» Ne salua jamais une terre chérie !

» Séjour des dieux et des héros,
» O Grèce, asile de la gloire,

» Je n'irai plus sur tes tombeaux,
» De tes nobles enfans réveiller la mémoire !

» De tes fleuves harmonieux
» Le cygne a quitté le rivage ;
» Et ta Muse sous d'autres cieux
» Va déplorer ta chûte et ton triste esclavage.

» O jour d'éternelle douleur !
» Jour qui livras, malgré nos armes,
» La Grèce au barbare vainqueur,
» Toujours ton souvenir fera couler nos larmes.

» Nos superbes cités tombaient de toutes parts
» Sous la brutale main du Musulman stupide ;
» Et moi, dernier enfant d'une race intrépide,
» J'allais m'ensevelir sous nos derniers remparts.

» Vis ! me dit tout à coup l'ombre de mon vieux père ;
» Vis encore, ô mon fils ! la Grèce ne meurt pas !
» Sauve avec toi les chants et la lyre d'Homère ;
» Va la faire revivre en de nouveaux climats.

» De la Grèce en pleurant j'emportai l'héritage ;
» Je quittai ces beaux lieux que sa muse enchanta,
» Comme Énée emportait sur un autre rivage
» La patrie et les feux de l'antique Vesta.

» France, ce feu sacré sur tes bords vient éclore ;
» Nos voix de tes palais vont charmer les échos ;
» La Muse de la Grèce a, pour chanter encore,
» Choisi comme autrefois la terre des héros.

» Accueille dans ton sein sa lyre désolée ;
» Elle a des noms plus doux pour ton noble pays,
» Que ceux qu'avec ses pleurs Andromaque exilée,
» Portait chez l'étranger, des bords du Simoïs.

» Bientôt, autour de tes fontaines,
» Vont se jouer encor les Nymphes et les Dieux ;
» Du tronc de tes antiques chênes
» Ses chants feront sortir mille Sylvains joyeux.

» Bientôt Anémone et Narcisse
» Vont descendre à sa voix sur la tige des fleurs ;
» L'ombre errante de Cyparisse,
» Sous de sombres rameaux contera ses douleurs

» Tes héros seront ses Achilles,
» Ses nouveaux demi-dieux, tes brillants chevaliers,
» Comme aux vainqueurs des Thermopyles
» Elle ouvrira l'Olympe à tes braves guerriers.

» Et vous, belle Isaure, au Parnasse,
» Les Muses vous prendront pour leur divinité,
» Si l'œil séduit par la beauté,
» Ne croit en vous voyant retrouver une Grâce. »

Ensuite il célébra les bocages d'Hémus,
Les coteaux de Tempé, les rives du Permesse,
Les vallons enchantés qu'arrose l'Illyssus,
Et tes beaux souvenirs, ô malheureuse Grèce!
Il dit; et déployant les antiques trésors
Dont sa triste patrie enrichissait nos bords,
Il présenta la lyre et les écrits d'Homère.
L'assemblée applaudit à la Muse étrangère.
Cependant sous l'Ormel les Mainteneurs assis,
Rêvèrent bien long-temps à qui serait le prix.
Les uns donnaient leur voix à la Muse chérie,
Qui leur parlait de France et de chevalerie:
Les autres, enchantés par la Grèce et ses dieux,
Vantaient avec transport leur chantre harmonieux.
Déjà le Troubadour et le timide Hellène,
Pour disputer encor descendaient dans l'arène,
Quand Isaure auprès d'elle appelant les rivaux,
Couvrit leurs fronts vainqueurs de deux lauriers égaux.
« O Troubadour, dit-elle avec un doux sourire,
J'aime les jeux naïfs de ta charmante lyre!
Et toi, noble étranger, qui portes parmi nous
De si grands souvenirs et des accords si doux,
Embrasse ton rival: que vos Muses amies
Siègent, comme deux sœurs, sous l'Ormel réunies. »

ROME EST A DIEU.

—

ODE

Qui a concouru pour le Prix

A l'Académie des Jeux Floraux.

Habitat Deus.

Virg. (Eneid.)

La nuit sur le Kiento (1) jetait son voile sombre.
Seul, au milieu des siens qui reposaient dans l'ombre,
Le vainqueur, orgueilleux de son futur destin,

(1) Bonaparte campait à Tolentino, sur le Kiento, se préparant à entrer dans Rome le lendemain. Un historien de sa vie rapporte que le vainqueur ayant vu en songe sa grand'mère, qui lui avait inspiré dès son enfance un grand respect pour le Chef de l'Eglise, il changea de dessein et consentit à traiter avec lui. Bonaparte, comme on sait, n'est jamais entré dans Rome, quoiqu'il soit allé dans la plupart des capitales de l'Europe. Cette conduite si étrange, dont on ignore le motif, autoriserait le poète à en supposer un, alors même que l'histoire ne l'aurait pas indiqué.

Veillait impatient sur le seuil de sa tente,
Accusant et la nuit et l'aurore trop lente
A ramener le lendemain.

« O nuit, hâte ton cours ! Demain au Capitole
» Doit monter triomphant l'heureux vainqueur d'Arcole ;
» Demain, Rome éveillée au bruit de mes exploits,
» Rome, le seul palais digne de mes conquêtes,
» Va se lever superbe avec ses grandes fêtes
» Et ses triomphes d'autrefois. »

Il disait, et déjà plus d'une ombre romaine,
Du milieu des débris qui dorment dans la plaine,
Se levait devant lui pour voir passer son char,
Pour voir si la cité qui n'est plus qu'un fantôme
Devait se réveiller, et si l'ancienne Rome
Allait renaître avec César.

Mais du camp tout-à-coup les tentes s'agitèrent ;
De sinistres clartés sur le héros passèrent ;
Son coursier tressaillit, et lui-même il trembla ;
Car il vit apparaître au sein de la tempête
Le Pontife romain qui devant sa houlette
Arrêtait jadis Attila.

« Fuis... lui dit le vieillard ! Dieu sur les sept collines
Peut seul asseoir son trône au milieu des ruines.
L'univers est à toi, Rome est à l'Éternel !...

Sur ces débris fameux où régna la victoire,
Les siècles en passant ont laissé trop de gloire,
Trop de grandeurs pour un mortel.

» Fuis!... Depuis que ces murs, sur leur front séculaire,
Portent le nom du Dieu qui lance le tonnerre,
La victoire en ces lieux n'ose arrêter ses pas.
Malheur à qui, bravant sa foudre toujours prête,
Oserait disputer sa sublime conquête
Au Dieu terrible des combats!

» Tel, quand sur ses petits la lionne sommeille,
Le roi des animaux près de son antre veille,
Inquiet, l'œil en feu, rugissant nuit et jour;
Tel Dieu garde la ville aux saintes catacombes,
Où l'épouse du Christ sur les pieuses tombes
Nourrit les fruits de son amour.

» Ils vinrent comme toi sur leurs coursiers rapides,
Les terribles enfants des Palus Méotides;
Leur voix fut la tempête, et leur regard l'éclair:
Ainsi que des rameaux ou des épis fragiles,
Tombaient les hauts remparts et les puissantes villes
Devant leurs bataillons de fer.

» Et tous furent brisés sur la ville éternelle.
L'empire a pu crouler sous leur main criminelle,
Et le géant du Tibre à leurs pieds est tombé;

Mais sur ses murs détruits, sur ses palais en poudre,
Tous ces fléaux de Dieu, semblables à sa foudre,
Sont morts du coup qu'ils ont frappé.

» Ah! ne viens point briser ton char sur ces murailles
Qui de tant de héros ont vu les funérailles!
Rome n'a plus de sceptre, elle n'a qu'un cercueil.
C'est ici qu'on expie une coupable gloire;
Ici Bourbon mourut (1), sur son corps la victoire
Entra, veuve, en habits de deuil.

» Ici, sur les débris des sceptres et des trônes,
Les rois ont en tremblant incliné leurs couronnes;
C'est ici qu'à mes pieds vint tomber Attila.
Celui qui met un frein à la mer mugissante
Commande, et quand il veut, la terre obéissante,
Elle aussi, doit s'arrêter là.

» Tu t'arrêteras là, quoiqu'à tes pieds tombée
L'Italie ait soumis à ta vaillante épée
Et son sceptre et ses rois attelés à ton char;
Tu t'arrêteras là, quoiqu'armé du tonnerre,
Quoique, saisis d'effroi, les maîtres de la terre
Aient pâli devant ton regard!

(1) Bourbon, le fameux connétable, fut atteint du coup mortel au moment où ses soldats forçaient les murs de Rome.

» En vain l'aigle superbe en son vol téméraire
Sur le vieux Capitole a retrouvé son aire,
Et réveillé la tombe où dort le peuple-roi;
En vain, fier conquérant, enivré de ta gloire,
Au monde comme toi trompé par la victoire
Tu dis déjà : « Rome est à moi !... »

» Rome est à Dieu !... Tu peux sous ta main foudroyante
Remuer à ton gré la terre obéissante;
Tu peux tout écraser de ton sceptre puissant;
Mais Dieu seul régnera sur l'antique poussière
Où la mort aux humains d'une voix haute et fière
Dit que Dieu seul est toujours grand.

» Arrête ! il est pour toi des triomphes encore;
De tes brillants succès tu n'as vu que l'aurore
Si tu sais aujourd'hui courber ton front guerrier.
Mets la victoire aux pieds de celui qui la donne :
Un jour tu régneras, et l'éclat de ton trône
Éblouira le monde entier.

» Un jour tu seras grand !... Mais ma voix t'importune :
Ah ! fuis, car si jamais, séduit par ta fortune,
Tu conduis la victoire en ce funeste lieu,
Une tombe t'attend sur des plages lointaines;
Et plus docile, un jour, en secouant des chaînes,
Tu t'écrieras : Rome est à Dieu ! »

Il dit ; et quand, le jour, avec des cris de joie,
Comme l'aigle affamé qui découvre sa proie,
Le soldat s'élançait plein d'audace et de feu,
Le héros, l'œil en pleurs et la voix frémissante,
Disait, en arrêtant l'armée impatiente :
Sortons d'ici... Rome est à Dieu !

La Jeune Mère.

—

HYMNE A LA VIERGE

Qui a remporté le Prix

Au Concours des Jeux Floraux.

Sous le palmier flexible où la joyeuse mère,
Comme une fleur qu'agite une brise légère,
Vient bercer en chantant le fruit de son amour;
A l'heure où tout se tait, hors le flot sur la rive,
Avec son fils mourant une femme plaintive
Vint s'asseoir et prier un jour.

Sa douleur n'implorait dans son tendre langage
Ni le vieux Manitou qu'adore le sauvage,
Ni l'Esprit des forêts, ni les profanes Dieux.
Les blancs avaient instruit la jeune Canadienne,
Et la touchante voix de la mère chrétienne
Disait à la Reine des cieux :

Écoute : quand la nonpareille
A fait éclore ses petits,
Elle s'endort; mais son oreille
Entend le moindre de leurs cris.

Ah! ma douleur est bien amère!
O Vierge sainte, éveille-toi.
Écoute; du doux nom de mère
Nul ne t'appelle ici que moi.

Un jour, quand les fils des savanes
Suivaient l'orignal dans les bois,
Celui qui te prêche aux cabanes,
M'apparut, et sa douce voix

Me dit : Tu seras mère encore,
Et tes regards, avec bonheur,
Verront près de la tombe éclore
Une nouvelle et tendre fleur.

Mais les fleurs sur ton sein ternies
Se dessèchent à leur printemps,
Et le regard des noirs Génies
Fait mourir tes petits enfants.

Je connais au ciel une femme
Qui veillerait sur ton berceau,
Et qui saurait de la jeune âme
Ecarter l'Esprit du tombeau.

Tous les blancs lui disent : ma mère !
Et les esprits aux aîles d'or
Viennent la nuit, à sa prière,
Bercer le jeune enfant qui dort.

Près de ton fils, ô Canadienne,
Elle viendrait du haut des cieux,
Si, la première dans ces lieux,
Tu lui disais : Je suis chrétienne.

J'obéis ; et depuis ce jour
Combien de fois, Vierge chérie,
Près de mon enfant attendrie
T'ai-je priée avec amour !

Cependant auprès de sa couche
La mort cruelle vient s'asseoir,
Et la blanche fleur qu'elle touche
Mourra peut-être avant le soir !

Peut-être l'arbre où, mere encore,
Je viens agiter son berceau,
Quand demain reviendra l'aurore,
Ne bercera plus qu'un tombeau !

Il va mourir !... et ma prière
Montera seule devant toi ;
Et ton saint nom sur cette terre
N'aura pour le bénir que moi.

Il va mourir !... La Canadienne,
Secouant la tête à mes yeux,
Dira sans pleurer que ses dieux
Ont puni la femme chrétienne.

Ah ! si pour toi j'ai renoncé
Aux fêtes où chantait ma mère,
A l'Esprit qu'adorait mon père,
Sous ces rameaux qui l'ont bercé ;

Si j'ai dit ton nom au sauvage,
Aux guerriers amis de mes chants ;
Si j'ai fait devant ton image
S'incliner les petits enfants ;

Toi, qui souris à l'œil qui pleure,
O Vierge ! viens à mon secours ;
Chasse la mort de ma demeure,
Sauve le fruit de mes amours.

Elle dit : comme un lis sur sa tige épuisée
Renaît quand un beau jour lui verse la rosée,
Le front du jeune enfant devint pur et vermeil ;
Une clarté céleste avait sur son visage
Passé, comme au matin sur un pâle nuage
Passe un doux rayon du soleil.

A GUTTEMBERG.

Ode.

Fiat lux.
Genese.

(Inscription de la statue de Guttemberg,
à Strasbourg.)

Quand, du milieu des mers qui le berçaient encore,
Le soleil se leva roi du monde et du jour,
Le Créateur ravi salua son aurore
Et, content de son œuvre, il sourit plein d'amour.

Il sourit, Guttemberg!.. Il voyait la Pensée,
Reproduite à jamais sous sa féconde main,
Se lever souveraine en tous lieux retracée,
Et défier le temps sur son moule d'airain.

Il sourit!... Une joie inexprimable et pure
Rayonna dans ses traits; ses regards tout en feu
Semblèrent resplendir de sa gloire future,
Et, plein d'un noble orgueil, il disait comme un Dieu :

Ce que j'ai fait est bien!... J'ai, sur la nuit profonde
Allumé, comme un phare, un radieux flambeau;
Je vais régénérer la terre; et tout un monde,
Par mon art évoqué, va sortir du tombeau.

Comme on voit l'Océan, quand finit la tempête,
Rendre au bord les débris par ses flots emportés,
Le Temps met à mes pieds, abjurant sa conquête,
Six mille ans avec lui dans leur fuite arrêtés.

Il va s'arrêter là sur ces mobiles pages!...
Et ces frêles réseaux dont se jouaient les vents,
Chargés de souvenirs, traverseront les âges,
Éternels, ô Memphis, comme tes monuments!

Oui, je rétablirai le Temple de Mémoire !
Au Génie oublié j'élève des autels,
Où vous vivrez encor, jours d'héroïque gloire,
Où tant de morts fameux vont renaître immortels !

Sortez de vos tombeaux, sortez, Ombres sublimes,
Vous qui pleurez encor, sous vos lauriers flétris,
D'héroïques vertus, des noms si magnanimes,
Et des bonheurs si grands dans l'ombre ensevelis !...

Sortez ! j'ai l'avenir !... Quand je veux, je le donne,
Et je vous fais à tous ce superbe présent ;
Sortez, et reprenez votre belle couronne !
Pour la mettre à vos pieds la Terre vous attend !

La Terre vous attend, ô Dieux de l'harmonie !
Et vous, Sages fameux qui lui donniez des lois,
Rendez-nous Rome et Sparte, aux accents du Génie,
Montrez à l'homme enfin ce qu'il fut autrefois.

O Génie ! ô céleste et sublime influence,
Lève-toi, fais grandir, sous ton regard puissant,
Tant de peuples vieillis dans une longue enfance ;
Viens, jamais l'univers ne t'aura vu si grand !

J'ai fait de ta pensée une force invincible
Qui peut briser le sceptre et le fer des combats ;
Une voix rugissante, un feu qui luit terrible
Comme ces feux du ciel qu'on ne conjure pas.

Armé de son pouvoir, va demander le monde.
Le soleil qui l'éclaire en est aussi le roi!...
Que le crime pâlisse à ta clarté féconde,
Et que la force aveugle expire devant toi.

Va, répandant partout la vie et la lumière,
Dans les siècles futurs, parler de mes bienfaits ;
Va, puisse sous tes lois la Terre tout entière,
Heureuse et grande un jour, me bénir à jamais!

Un jour!... Mais tout-à-coup il se tut... A sa vue
D'étranges visions durent alors passer,
Car il fut immobile, et son âme abattue;
Et tous ses sens d'horreur se sentirent glacer.

Était-ce l'Anarchie, ou l'Erreur meurtrière,
De son art, pour le crime usurpant le pouvoir?
Était-ce, dans le sang, l'Émeute populaire,
Ou Luther, ou Cromwel, ou Danton qu'il crut voir?

On ne sait... Mais, après un douloureux silence,
On le vit à genoux ; des pleurs mouillaient ses yeux;
Il semblait implorer la haute Providence,
Et ses regards long-temps consultèrent les cieux

On dit, qu'épouvanté par d'horribles images,
Déshéritant son nom et la postérité,
Il se levait déjà pour déchirer les pages
Du livre où rayonnait son immortalité.

C'en était fait !.. Soudain ses larmes s'arrêtèrent ;
Il entendit des voix qui semblaient le bénir ;
Les Siècles évoqués devant lui se levèrent,
Et de son OEuvre auguste il put voir l'avenir.

Il vit auprès de lui Dante, Virgile, Homère :
Leurs mains, de leur couronne effeuillant quelques fleurs,
En décoraient son front et la page première,
La page encor mouillée où ruisselaient ses pleurs.

Il vit l'Humanité dans sa route égarée,
Marcher à sa lumière, implorer son appui ;
Et la Vérité sainte, à sa voix rassurée,
Revenir triomphante et régner avec lui.

Il vit des fers brisés, d'innombrables victimes
Bravant la tyrannie auprès de son autel;
Il y vit le pervers, tourmenté par ses crimes,
Rugir, nouveau Titan, de se voir immortel.

Il vit, ô doux spectacle! au sein de sa patrie,
La Liberté, le Peuple et les Grands réunis,
Embrasser à la fois son image chérie,
S'abriter auprès d'elle et s'y trouver amis.

Touchantes visions! images fortunées!
Son regard vous sourit, enivré de bonheur;
Le Héros accepta ses hautes destinées;
Il tremblait cependant, et dit encor: « Seigneur!

» Si jamais le soleil, égaré dans sa route,
» Parcourait au hasard les cieux épouvantés,
» L'homme qu'il vivifie expirerait sans doute,
» Et le monde embrasé maudirait ses clartés.

» Un autre soleil luit créé par mon génie:
» Je ne suis qu'un roseau faible et fragile appui;
» Je ne dure qu'un jour, sa course est infinie,
» Et comme à tôi, mon Dieu, les siècles sont à lui.

» Guide-le. S'il devait, égaré dans sa course,
» Prêter au crime, un jour, son funeste flambeau !...
» S'il devait !!... aussitôt j'en tarirais la source ;
» Et ses feux avec moi s'éteindraient au tombeau.

» Mais, pour briller sur nous tu créas la lumière ;
» Le méchant corrompt seul les dons que tu nous fais ;
» Le mal est dans son cœur, vrai fléau de la terre ;
» Et les présents du ciel sont toujours des bienfaits ! »

David et un Ange.

ÉGLOGUE

Qui a obtenu un Souci réservé,

Au Concours des Jeux Floraux.

Prends une fronde et ta houlette,
C'est moi qui guiderai ta main.

Quand le berger qui fut prophete
Gardait encore son troupeau,
Quand le royal fils du hameau
Avait pour sceptre une houlette ;

On dit qu'un Ange quelquefois
Venait lui parler de sa gloire,
Et mêler des chants de victoire
Aux accents de sa douce voix.

Un jour leurs accords retentirent
Dans les bocages d'alentour,
Et les échos au loin redirent
Ce qu'ils chantèrent tour à tour.

DAVID.

Salut, ô toi que j'aime, ô le plus beau des Anges!

L'ANGE.

Salut! enfant chéri des cieux!

DAVID.

Viens-tu de l'Éternel m'enseigner les louanges,
Et les divins concerts des chœurs harmonieux?
Mais je te vois vêtu d'une robe éclatante;
Jadis tu m'apparus sous l'habit d'un berger.

Quel est ce riche objet que ta main me présente ?
Oh ! parle, dis-le moi, céleste messager.

L'ANGE.

Réjouis-toi, c'est ta couronne.
Un jour, radieux comme moi,
Un jour, ainsi le ciel l'ordonne,
Jeune berger, tu seras roi.
Dieu qui sourit à l'innocence,
Prépare un sceptre pour ta main;
Il va t'armer de sa puissance,
Et tu vaincras le Philistin.

DAVID.

Le vieillard Samuel, sous le toit de mon père,
Est venu comme toi prédire des grandeurs;
Mais à son front chagrin, à ses yeux tout en pleurs,
Je compris que des rois la vie est bien amère.
O bel Ange! retourne au céleste séjour;
Rends au Dieu que je sers ce brillant diadême.
Rien ne manque à mes vœux; un monarque lui-même
Possède moins que moi, puisque j'ai son amour.

L'ANGE.

La main qui défend l'humble chaume,
Garde aussi le palais des rois,

Dieu veillera sur le royaume
Qu'il soumet à tes sages lois.
Sion chantera tes conquêtes ;
Déjà les Anges dans les cieux
Sur la lyre d'or des Prophetes
Ont dit ton nom victorieux.

DAVID.

J'ai vu dans son palais, tout éclatant de gloire,
Saül de ses sujets envier le bonheur ;
Je l'ai vu triste et sombre au sein de la victoire ;
On dit qu'un noir démon habite dans son cœur.
Combien de fois ce roi, pour calmer son délire,
N'a-t-il pas de ma harpe imploré le secours !
Combien de fois ses pleurs ont-ils semblé me dire :
Je fus aussi berger, hélas ! sois-le toujours !

Peut-être, comme lui, le ciel, dans sa colère,
M'élève pour punir les coupables Hébreux.
Quel crime ai-je commis ? pour cesser d'être heureux,
Au Dieu qui me chérit ai-je cessé de plaire ?
N'ai-je point tous les jours, comme le jeune Abel,
Offert avec mon cœur de pieux sacrifices ?
N'ai-je point tous les jours, aux pieds de son autel,
De mes nombreux troupeaux déposé les prémices ?

L'ANGE.

Une couronne a ses douceurs
Pour un roi que le ciel inspire ;

D'un peuple heureux le doux sourire
Sait enchanter bien des douleurs.
Sois l'asile de l'innocence,
Taris les pleurs d'un orphelin,
Et l'heureuse paix de l'enfance
Brillera sur ton front serein.

Un jour sur ta tige féconde
Un sceptre auguste doit fleurir ;
Un jour... Mais bientôt l'avenir
Va par ta voix parler au monde.
Lève-toi, la Judée attend;
Viens conquérir ton héritage ;
Viens du Seigneur venger l'outrage,
Dans le sang d'un impur géant.

DAVID.

Comment peut un enfant soutenir sa querelle ?
N'est-il parmi les siens que moi pour le venger?
J'obéirai pourtant si c'est lui qui m'appelle ;
Mais que peut pour sa gloire un timide berger?
Je n'ai que la prière et ma faible innocence,
Pour résister au bras de nos fiers oppresseurs ;
Si le ciel aux combats destinait mon enfance,
Devait-il me cacher sous le toit des pasteurs?

L'ANGE.

Celui qui de la fange impure
Fait naître un lis éblouissant,

Saura dans la chaumière obscure
Faire croître un sceptre puissant.
O mon fils ! c'est Dieu qui commande,
Pourrais-tu ne pas obéir ?
Isaac aurait su mourir :
Règne et combats, s'il le demande.

DAVID.

Il faut donc vous quitter, houlette, chers troupeaux,
Asile de la paix, verdoyantes prairies,
Plaines de Bethléem, rives toujours fleuries,
Dont tant de fois ma harpe a charmé les échos !
Mais dis, s'il faut qu'un jour je porte la couronne,
Si Dieu m'a condamné, si je dois être roi,
Viendras-tu, comme ici, t'asseoir près de mon trône ?
Quitteras-tu le ciel pour chanter avec moi ?

L'ANGE.

Je te couvrirai de mes ailes,
Sur toi je veillerai toujours,
Comme les colombes fidèles
Sur les doux fruits de leurs amours.
Va, mon fils, que rien ne t'arrête ;
Va terrasser le Philistin ;
Prends une fronde et ta houlette,
C'est moi qui guiderai ta main.

L'Ange alors disparut tel qu'un léger nuage.
Aussitôt en chantant mille joyeux pasteurs,
Offrant au nouveau roi leurs vœux et leur hommage,
Dans le camp des Hébreux, sous un dais de feuillage,
Le portèrent couvert de guirlandes de fleurs.
On dit qu'en s'éloignant il regardait encore
Ces lieux si chers à son amour,
Ces bois où tant de fois il devança l'aurore,
Où souvent il chantait jusqu'au déclin du jour :
« Doux objets, disait-il, chaume qui m'as vu naître,
» Recevez mes regrets et mes derniers adieux ;
» Sur le trône mes tristes yeux
» Un jour vous pleureront peut-être. »

MALTE.

ODE.

—

Multa renascentur quæ jam cecidere.
HORACE (Art poét.)

Comme on voit, un pied sur sa proie,
Le tigre lèchant ses naseaux,
Flairer au loin, ivre de joie,
Le sang de vingt meurtres nouveaux :
Ainsi, le pied sur sa conquête,
Le farouche enfant du Prophète

Jetait au loin un œil ardent;
Il disait : « A nous est la terre ! »
Et déjà, de son cimeterre,
Il avait montré l'Occident (1).

« Au sultan, vainqueur de Bysance,
» Il faut l'empire tout entier.
» Des Césars je veux la puissance:
» Ne suis-je pas leur héritier ?
» A mon noir coursier d'Arabie
» J'ai promis la mosquée, où prie
» Le Prêtre de Rome à genoux ;
» J'ai promis aux croyants fidèles
» Ces houris qu'Allah fit si belles,
» Dont les yeux d'azur sont si doux. »

Déjà ses hordes dévorantes,
Plus rapides que les éclairs,
S'élançaient sur nous, rugissantes
Comme le simoun des déserts,
Fils des Huns, pleins de leur audace,
On voyait partout sur leur trace,

(1) Tout le monde sait que les Sultans rêvaient la domination universelle de l'Islamisme. Rome était dans de continuelles alarmes pour elle et pour l'Europe · Bajazet avait juré de faire manger l'avoine à son cheval sur l'autel de Saint-Pierre, et le redoutable Mahomet II ne fut empêché de porter les armes dans nos contrées, que par les chevaliers qu'il assiegea vainement dans leur île pendant deux années entières.

Du sang, des cadavres épars.
Sous leurs pas s'effaçaient les villes,
Et les champs devenaient stériles
A l'ombre de leurs étendards.

Vous périssiez, palais antiques,
Murs aux souvenirs glorieux,
Temples sacrés, manoirs gothiques
Où dort la cendre des aïeux !
Terre d'amour et de vaillance,
Vieille Europe, ta noble lance
Sous la hache allait s'abaisser ;
Mais Malte leva sa bannière,
Et devant cette île guerrière
Le croissant n'osa plus passer.

Gloire à toi, Malte ! dans ton île,
Et sur ton formidable bord,
Les chrétiens trouvaient un asile,
Les Musulmans trouvaient la mort !. .
Gloire à vous, ô héros sublimes,
Qui vous levâtes, magnanimes,
Devant ces nouveaux Attila,
Qui de ces hordes innombrables,
Arrêtiez les flots redoutables,
Dont le courroux vint mourir là !...

Sur le seuil de l'antre où sommeille
Le tendre fruit de son amour,

L'œil en feu, la lionne veille,
Rugissant la nuit et le jour;
Telle, aux combats accoutumée,
Malte à l'Europe bien-aimée
Prêtait son généreux appui:
A l'ombre de son bras terrible,
L'Occident put grandir paisible;
Les chevaliers mouraient pour lui.

Oh! qu'il fit beau les voir, quand, du haut de son aire,
Déployant tout à coup leurs nombreux pavillons,
Ces héros, sous les yeux de Malte heureuse et fière,
S'élançaient sur leur proie, ainsi que des aiglons;
Quand, semblable au coursier rapide,
Orgueilleux du maître intrépide
Qu'il porte plus prompt que les vents,
La mer, bondissante et docile,
Faisait voler la flotte agile,
Sur l'écume des flots mouvants.

« Partons; les combats sont nos fêtes,
» Disaient ces braves chevaliers:
» La victoire a lui sur nos têtes,
» Partons; ses mains sont toujours prêtes
» A couvrir nos fronts de lauriers.

» Partons ; c'est Dieu qui nous appelle ;
» Le Dieu terrible des combats :
» Dieu qui nous couvre de son aile,
» Dieu qui nous livre sa querelle,
» Dieu dont notre glaive est le bras !...

» Il nous créa pour les batailles :
» A nous l'intrépide coursier,
» Le canon broyant les murailles,
» La mine aux brûlantes entrailles,
» L'acier se brisant sur l'acier.

» A nous la guerre et ses alarmes ;
» Pour elle nous avons, joyeux,
» Quitté tournois, joûtes, pas d'armes,
» Et la terre pleine de charmes,
» Qui reçut nos derniers adieux.

» Nos drapeaux flottaient à Lépante,
» A Solyme, aux champs d'Ascalon ;
» Partout de Malte triomphante,
» Partout, sur la terre sanglante,
» Notre glaive a gravé le nom.

» Partons, les combats sont nos fêtes,
» Disaient ces braves Chevaliers ;

» La victoire a lui sur nos têtes,
» Partons; ses mains sont toujours prêtes
» A couvrir nos fronts de lauriers. »

Bientôt, un bruit plus fort que celui du tonnerre,
De Tanger au Liban, s'élevait sur les eaux
Qui semblaient s'étonner de jeter à la terre
Tant de débris fumants d'hommes et de vaisseaux:
La mer rugissait enflammée,
Stamboul, sur la rive alarmée,
Pleurait sa honte et ses guerriers;
Mais du haut de son roc sauvage,
Malte, témoin de leur courage,
S'écriait: Gloire aux chevaliers!

Au son des fanfares bruyantes,
Aux yeux des Turcs épouvantés,
Leurs flottes passaient triomphantes,
Traînant des vaisseaux démâtés,
Des galères dont les voilures,
Comme d'éparses chevelures,
Semblaient couvrir le déshonneur,
Ainsi que ces reines captives,
Qu'on voyait se voiler, craintives,
Derrière le char du vainqueur (1).

(1) Voyez Vertot, sur les prises fameuses faites par les Chevaliers de Malte.

C'étaient de hautes capitanes
Aux banderoles de velours,
Qui, des bords de l'Inde, aux sultanes
Portaient de magiques atours;
C'étaient les trésors qu'à Médine
L'Orient fastueux destine;
C'étaient l'opale et le vermeil;
C'était la nacelle dorée
Qu'on prenait, sur l'onde azurée,
Pour le pavillon du soleil.

C'étaient... Mais, hélas! la victoire
Ne guide plus tes vieux drapeaux,
O Malte, et des jours de ta gloire
Rien n'est resté... que des tombeaux....
Elle n'est plus qu'une ombre vaine,
Cette superbe souveraine,
Qui portait le sceptre des mers;
Ses murs ne sont plus qu'un repaire,
D'où le léopard insulaire
Veille, sanglant, sur l'univers.

Elle n'est plus... mais sur sa tombe
Son souvenir vit immortel;
Et de ta grandeur qui succombe
Chaque débris est un autel,
Terre à la gloire consacrée,
Cratère éteint, source sacrée

D'un fleuve, hélas! trop tôt tari,
Sanctuaire où voudrait éclore
L'honneur, s'il renaissait encore,
Vieux rempart son dernier abri.

Elle n'est plus... Sur sa ruine,
Au voyageur silencieux
L'antique nocher qui s'incline,
Montre, avec des pleurs dans ses yeux,
Les ports dont les flottes guerrières
Rendaient les sultans tributaires (1);
Ces lieux témoins de tant d'exploits,
Ces autels, où posant sa lance,
Le Chevalier, plein d'espérance,
Venait mourir devant la croix.

On dit que, dans la nuit obscure,
Souvent, sur ces palais en deuil,
Il a vu, ceints de leur armure,
Des morts se lever du cercueil.
Serait-ce votre ombre inquiète,
O l'Isle-Adam, ô Lavalette?
Braves Chevaliers, est-ce vous,
Qui pleurez Malte délaissée,
Malte par l'Anglais abaissée,
Et, comme une esclave, à genoux?

(1) Quand le malheureux Zizim se retira à Rhodes, le sultan Bajazet, son frère, craignant l'intervention des Chevaliers, leur paya un tribut.

Consolez-vous, ombres plaintives,
Un jour, une croix à la main,
L'Europe viendra sur vos rives
Où l'étranger domine en vain;
Déjà succombant sous nos armes,
Alger, où coulaient tant de larmes,
Subit la loi de nos guerriers;
Nos mains, en tout lieu souveraines,
Ont rendu la Grèce aux Hellènes:
Nous rendrons Malte aux Chevaliers.

LA BIBLE.

Il est un livre auguste, autrefois inspiré
Sur les bords du Jourdain au désert de Mambré,
Où le Dieu, qui venait d'achever l'œuvre immense,
Jeta comme un reflet de sa magnificence;
Où les soleils naissants et les mondes nouveaux
Semblèrent s'animer sous les divins pinceaux,
Tels qu'ils étaient encor quand ils laissaient paraître
Dans leur mâle beauté la beauté de leur Maître.
Ce livre, où comme au ciel on voit encore empreint
Le sceau majestueux de sa divine main;
Ce livre, où son génie exprima sa pensée
Que six mille ans ont lue et n'ont point effacée;
Ce livre est notre Homère... et le foyer nouveau
Où la Muse moderne allume son flambeau.

C'est là que notre esprit, qui se meurt de vieillesse,
Cherche et retrouvera la féconde jeunesse !
Là vous verrez la terre, aux feux du premier jour,
Sous les bosquets d'Éden, portant avec amour
Le berceau fortuné de notre premier père ;
Là vos yeux enchantés, ainsi que dans Homère,
Trouveront du désert les primitives mœurs,
Le trône de gazon des monarques pasteurs ;
Ici, Rachel plaintive attendrit les montagnes ;
Ici, Jephté, guidant ses fidèles compagnes,
Déplore les douleurs de sa virginité ;
Plus loin, c'est l'Océan qui fuit épouvanté ;
C'est Sina sur sa cîme allumant les tempêtes ;
C'est l'avenir parlant par la voix des Prophètes,
C'est Isaïe armé de sa parole en feu ;
C'est un écho du ciel, c'est l'infini, c'est Dieu.

Isaïe, I aie, à tes aîles de flamme
Que de fois attaché, je sentis ma jeune âme
Voler brûlante vers le ciel !
Que de fois, je me crus parmi les chœurs des Anges,
Quand tes lèvres de feu célébraient les louanges
Et la gloire de l'Éternel !

Esprits aux lyres d'or qui chantez sur nos têtes,
Dites-nous, si jamais vos chœurs harmonieux
Mêlent de plus beaux chants aux éternelles fêtes,
Et si la voix de nos Prophètes
N'est pas aussi la voix des cieux ?

Dites-nous, si quand le tonnerre
Luira pour éclairer les débris de la terre,
L'Ange qui doit venir y répandre des pleurs,
Fera, dans sa plainte sublime,
Redire aux échos de Solyme
D'aussi déchirantes douleurs?

Entendez-vous au loin? c'est Sidon qui succombe;
C'est Assur qui frémit, car elle a vu sa tombe
Dans ces vers où luit l'avenir;
C'est Ninive qui pleure et sèche d'épouvante,
Surprise d'entendre vivante
Chanter sa mort qui va venir!

Oh! ne me parlez plus du chantre d'Ionie!
Je sais bien rendre hommage à son vaste génie;
Mais, devant le soleil, qu'est un brillant flambeau,
Qu'est le zéphir auprès de la foudre qui gronde,
Qu'est, auprès d'une mer qui fait mugir son onde,
Le murmure d'un clair ruisseau?

Napoléon à Fontainebleau [1].

ODE.

—

Y a-t-il plus de noblesse d'âme à souffrir les traits de la fortune outrageante, ou bien à s'armer contre un océan de maux, et à les braver en y mettant un terme?

(Hamlet, acte III, scène 1re.)

Il est minuit !... Jamais dans l'antique tourelle
La cloche n'a sonné d'heure plus solennelle.
Le fier vainqueur des rois veille à Fontainebleau ;
Il veille... Il a vu fuir ses courtisans sans nombre;
Dans son vaste palais il est seul, comme une ombre
Dans un silencieux tombeau.

(1) « N'ayant plus que faire de son génie, ne pouvant plus rien » faire pour la France, Napoléon s'avise qu'il n'a plus besoin de lui- » même... Il se souvient, prisonnier d'Alexandre, de ce poison qui » ne l'a jamais quitté dans la campagne de Moscou. »

De Norvins (Hist. de Nap.)

Il veille !.. Ils ne sont plus ces jours où, dans sa tente,
La victoire captive, à ses pieds frémissante,
Pour foudroyer le monde, épiait son réveil;
Où ses vieux Généraux, étonnés de l'attendre,
A l'heure du combat, de cet autre Alexandre
Troublaient le paisible sommeil.

L'aigle, en son vol altier, atteint par le tonnerre,
Est retombé sanglant, mutilé, sur la terre;
Les cieux en ont pâli de douleur et d'effroi,
Mais les vils animaux, dont il faisait sa proie,
Sont venus, animés d'une stupide joie,
S'abattre en foule sur le roi.

Ils viennent ceux qu'on vit, muets en sa présence,
Au prix de tant d'affronts, acheter sa clémence;
Ils viennent, de son sceptre encore tout meurtris,
Encore humiliés, secouant la poussière
Qu'imprimèrent ses pieds, au jour de sa colère,
Sur leurs diadèmes flétris.

Ah ! si de la Victoire, à le suivre occupée,
Paris eût, sur la foi de sa terrible épée,
Attendu sans plier l'infaillible retour;
S'il eût su, méprisant de barbares cohortes,
Attendre nos soldats, qui couraient à ses portes
Moissonner ces héros d'un jour !..

Si du moins tu voulais, ô fière Capitale,
Expier avec gloire une erreur trop fatale;
Si tu voulais mourir!... mourir pour te venger!..
Et, préparant soudain d'immenses funérailles,
Faire, comme Moscou, de tes vastes murailles,
Une tombe pour l'étranger!..

Il régnerait!... Et toi, qu'on put en vain surprendre,
Ainsi que ce héros sorti Dieu de sa cendre,
Tu renaîtrais sublime à nos yeux éblouis.
L'avenir vanterait tes flammes immortelles,
Et l'Europe à genoux les trouverait plus belles
Que son beau soleil d'Austerlitz!..

Tu serais toujours grande, ô France bien-aimée!..
Mais, hélas! tout succombe, et la France opprimée
Sous le poids des lauriers, elle aussi, doit fléchir!
La victoire use enfin nos invincibles armes;
Nous n'avons plus de sang, nous n'avons que des larmes,
Et le héros n'a qu'à mourir...

« Mourons... ainsi le veut le destin inflexible;
» Mourons, dit-il; mais grand et toujours invincible,
» Pour linceul, comme un brave emportant mon drapeau,

» Encore environné des splendeurs de ma gloire,
» Descendu, sans tomber, de victoire en victoire,
» Et vainqueur jusques au tombeau.

» Mourons... Que tant de rois, accourus pour me prendre,
» Ne puissent dans leurs fers enchaîner que ma cendre.
» Adieu, France; je vais où furent tes héros.....
» Venez, Lannes, Kléber... Et toi, mon Dieu, pardonne
» Si, fatigué, je viens, avant que l'heure sonne,
» Des morts demander le repos. »

Il dit, et, dans la coupe aussitôt préparée,
Il cherche, en souriant, la mort tant désirée;
Sans pâlir devant elle, il voit l'éternité:
Tel que l'ange déchu, jusqu'au bord de l'abîme,
Il est fier de sa chute, et du faîte sublime
D'où le sort l'a précipité.

Mais que s'est-il passé dans son âme éperdue?
Pourquoi cette frayeur au héros inconnue?
Les spectres des tombeaux viendraient-ils le braver?
A-t-il vu, s'échappant de leurs demeures sombres,
Des peuples et des rois les menaçantes ombres,
Ainsi qu'un remords se lever?

On dit qu'en ce moment de terrible agonie,
Debout, devant sa tombe, il trouva son Génie (1),
Non plus ceint de lauriers, tel qu'il fut autrefois,
Quand il guidait son char vainqueur dans la carrière,
Quand il montrait de loin à son ardeur guerrière
L'Europe soumise à ses lois;

Mais tel qu'il dut le voir dans cette nuit sanglante,
Où d'un meurtre inouï la terre dégouttante
But à regret le sang d'une race de Dieux (2),
Quand auprès du Kremlin, trop fatale conquête!...
Sa menaçante voix disait : « Arrête!... arrête! »
Et que des pleurs mouillaient ses yeux.

« Ainsi tu veux mourir, lui dit-il, par un crime,
» Détrompant l'univers qui te crut magnanime;
» Mourir... en insultant au Dieu qui te fit roi;
» A tes peuples trahis, à la France qui t'aime
» Rendant déshonoré leur noble diadème,
» Toujours sans tache jusqu'à toi.

(1) On sait que plusieurs grands hommes ont cru voir leur Genie; Socrate s'entretint souvent avec le sien.

(2) Le duc d'Enghien, dernier rejeton de sa noble race.

» Mourir.. c'eût été beau quand tes foudres rapides
» Éveillaient au désert l'écho des Pyramides,
» Quand, Consul, Dictateur, et grand comme César,
» Tu pouvais, comme lui, monter au Capitole;
» Quand ton front s'inclinait sous les palmes d'Arcole,
» Et que des rois suivaient ton char.

» Il est beau de mourir quand le ciel nous seconde;
» D'échanger un empire et le sceptre du monde
» Contre un tombeau sanglant conquis au champ d'honneur;
» Mais fuir devant le sort ainsi qu'un vil esclave...
» Ah! pour mourir ainsi le lâche est assez brave:
» C'est le courage de la peur...

» Non, tu ne peux subir un trépas si vulgaire,
» Comme un méchant, l'opprobre et l'effroi de la terre,
» Non... Tu pus à ton gré, dans les palais en deuil,
» Entrer, sur les débris des phalanges rivales,
» Forcer les hautes tours, les fières capitales;
» Dieu tient les clés de ton cercueil...

» Dieu seul put allumer, et Dieu seul doit éteindre
» Ta vie, astre sublime, où lui seul peut atteindre.
» Oh! ne murmure pas s'il t'a voulu plus grand;
» S'il a trouvé pour toi trop petit un royaume;
» S'il veut nous montrer seul et plus beau le grand homme
» Sur les débris du conquérant...

» Tu ne fus point vaincu ; ta course était finie ;
» Le monde ne pouvait suffire à ton génie ;
» Il pliait sous le poids d'un fardeau trop pesant :
» L'astre éclatant du jour embraserait la terre ,
» S'il n'endormait jamais les feux dont il l'éclaire ,
» Dans les nuages du couchant...

» Couche-toi, comme lui, beau, comme à ton aurore,
» Aux yeux de l'univers qui te pleure et t'adore;
» Dors comme le lion ton paisible sommeil;
» Dors; les rois moins heureux sur leur couche pénible
» S'agiteront souvent, quand, dans un songe horrible,
Ils auront cru voir ton réveil. »

Il dit et disparut... A l'heure accoutumée,
La diane annonça le réveil de l'armée;
Nos vieux soldats pleuraient, dans l'ombre réunis:
Le héros, lui tout seul, dormait calme et paisible:
Il avait retrouvé, dans cette nuit terrible,
Son noble sommeil d'Austerlitz.

Il fallut l'éveiller!... Et, p'us grand que lui-même,
Il vint, comme un joyau jetant son diadême.
Notre armée à genoux écouta son adieu.
L'auréole déjà remplaçait la couronne,
Et l'univers rendait un autel pour un trône
Au héros devenu son Dieu...

Iseult.

ÉLÉGIE.

On entendait au loin gronder l'orage,
L'éclair brillait dans les ombres du soir;
Au seuil pieux d'un antique ermitage,
La jeune Iseult, tremblante, vint s'asseoir,
Les pleurs inondaient son visage.

Elle disait : « Écoutez ma prière ,
» Ouvrez pour moi votre asile sacré ,
» Ouvrez, mes Sœurs , bien grande est ma misère ,
» J'ai tout perdu cette nuit, j'ai pleuré
» Sur le cercueil où dort ma mère.

» Ouvrez, tout dort : la plaintive fauvette
» A pour abri les branches de l'ormeau ;
» Moi, tendre fleur, je plie au vent ma tête ,
» Et je n'ai pas un fragile arbrisseau
» Pour me sauver de la tempête.

» Ouvrez, j'ai fui le manoir solitaire ,
» Serfs et vassaux dont il est entouré,
» Je donne à Dieu ma couronne et ma terre ,
» J'ai tout perdu cette nuit, j'ai pleuré
» Sur le cercueil où dort ma mère ! »

A RIQUET.

ODE.

—

Le grand siècle brillait des splendeurs de sa gloire.
Dans leurs bras triomphants les arts et la victoire
Avec des chants d'amour berçaient le jeune Roi.
Pour éclipser la Grèce, et l'Italie, et Rome,
La France encor jalouse attendait un seul homme,
Et cet homme, ô Riquet, c'est toi!

Toi qui, loin des mortels, seul avec ton génie,
Te surpris écoutant la lointaine harmonie
De deux mers qui semblaient entr'elles s'appeler ;
Toi que dévore un rêve ardent comme la flamme ;
Toi qui des Rois du Nil as senti dans ton âme
La grande âme se révéler !

D'autres, heureux rivaux de Scopas et d'Apelle,
Feront pleurer le bronze et la toile immortelle ;
D'autres, profonds dans l'art des terribles combats,
Sauront à leurs calculs subjuguer le tonnerre,
Et disputer à Mars le sceptre de la guerre,
Armés d'un magique compas.

A toi, sublime enfant et roi de la Nature,
A toi cet Univers, que ton regard mesure
Sans règle et sans compas ainsi que son Auteur ;
A toi que l'Éternel a fait à son image,
A toi seul appartient de finir son ouvrage,
A toi, tel que lui créateur.....

Comme l'Esprit de Dieu, qu'on nous peint solitaire,
Planant sur le chaos d'où va sortir la Terre,
Lui, dont l'âme est féconde et veut créer aussi,
Seul, sur les monts déserts, plein du Dieu qui l'inspire,
Il contemple ces lieux qui semblent lui sourire
Et qui déjà l'ont pressenti.

O terre où je dois faire éclore
Une auguste création,
Beaux lieux, qui m'ignorez encore,
Qui bientôt redirez mon nom;
Vous que mon âme a su comprendre,
Vous qui partout semblez attendre
L'effort d'une puissante main,
Champs aimés, belle Occitanie,
Triomphez! Sur vous mon génie,
Comme un Dieu, va surgir demain!

Il dit, et, surpris dans leur source,
Déjà les torrents furieux,
Loin de leur lit, suivent la course
De ce vainqueur audacieux;
Par son art puissant enchaînées,
Les ondes viennent étonnées
Féconder nos vallons déserts.
La terre ouvre ses noirs abymes,
Et devant lui courbant leurs cimes
Les monts les bercent dans les airs.

Nos aieux le virent paraître;
Le fleuve suivait frémissant,
Comme un lion pres de son maître
Qu'il accompagne en rugissant.
Tout cède.... Au bout de la carrière,
En vain une montagne altière,

Vingt fois l'a repoussé... Son bras
Ébranle la roche éternelle,
Et dans le flanc du mont rebelle
Il passe, fier de ses combats.

Un jour, les nobles châtelaines
Virent, du haut de leurs créneaux,
Deux mers qui venaient dans nos plaines
Unir et confondre leurs eaux.
Partout la rive fortunée
Fêtait leur magique hyménée ;
Partout la terre avec amour
Dans son sein balançait leurs ondes,
Liquide chemin où des mondes
Les peuples passaient tour-à-tour.

Ils passaient, montrant les merveilles
Et les trésors qu'en souriant
L'Aurore met dans ses corbeilles
Sur les rivages d'Orient.
L'airain saluait dans nos villes
Leurs nefs qui promenaient agiles
Leur bannière aux mille couleurs ;
Et les peuples, sur leur passage,
Accouraient en foule au rivage
Avec des guirlandes de fleurs.

C'étaient partout des chants, jamais plus belles fêtes ;
Jamais l'heureux Louis, au retour des conquêtes,
Ne vit un tel triomphe accueillir ses combats.
Il était beau, Riquet, le char de la victoire...
Mais ce char était vide, à ce grand jour de gloire
Ta cendre même n'était pas.

Hélas ! à ses travaux quel mortel peut sourire ?
Quand l'homme devient dieu, c'est alors qu'il expire,
Et l'autel commencé se change en un tombeau...
Riquet avait plié sous le poids du génie,
Il était mort... Son œuvre allait être finie,
Et le jour se levait si beau !

Il était mort... L'envie avait caché sa tombe ;
Mais, ainsi que dans l'ombre une chaste colombe
Veille sur le doux fruit qui doit éclore un jour,
L'Église le gardait à l'ombre de ses aîles...
Nous devions réveiller ses cendres immortelles
Par des chants de gloire et d'amour.

Sors enfin de l'oubli, cendre trop ignorée,
Viens, nous prodiguerons à ton ombre adorée
Tant d'honneurs mérités, si long-temps attendus !
Viens, ces lieux où tes pas ont laissé leurs vestiges,
Ces bords encor surpris et pleins de tes prodiges
A ton amour seront rendus.

Pour tombe aux Pharaons il faut leurs pyramides,
A toi tes flots grondants sous leurs voûtes humides,
A toi ton œuvre immense, éternel monument;
Il faut ta cendre aux lieux où grandit ta pensée,
Où l'œil du voyageur trouve encor retracée
La main puissante du géant!

Nous te rendrons ces bois, cette belle nature;
Ce grand lac qui dans l'air se balance et murmure,
Et ce mur colossal où ta main l'enchaîna;
Et lorsque la tempête ébranlera les nues,
Ton ombre se levant sur les vagues émues
Semblera les arrêter là (1)!

(1) Vauban voulait qu'on érigeât une statue à Riquet sur la digue de Saint-Ferreol. S'il l'eût visitée après la mort du grand homme, il eût demandé sans doute qu'on y portât son tombeau.

Hymne à la Vierge.

Le Vœu de Marie.

—

Ecce virgo concipiet.
ISAIE.

Pourquoi les lyres d'or, entre les mains des Anges,
Ont-elles suspendu le cantique éternel ?
Chœurs sacrés des Élus, lumineuses phalanges,
Pourquoi descendez-vous du ciel ?

Dieu vient-il révéler sa puissance à la terre?
Vient-il humilier les flots de l'Océan?
Ou, comme des roseaux, courber, dans sa colère,
Les monts orgueilleux du Liban?

Solyme a du vieux temple ouvert les saints portiques...
Voyez-vous, sur les pas du vieillard Siméon,
S'avancer dans la foule, au doux bruit des cantiques,
Une des filles de Sion?

Ses regards autour d'elle illuminent l'espace;
La gloire de cent rois luit dans sa majesté;
Quelque chose du ciel est déjà dans sa grâce:
Dieu se révèle en sa beauté.

Sur son front rayonnant d'un destin qu'elle ignore,
Les vieillards éblouis ont cru voir l'avenir.
Ils se disent entr'eux: « N'est-ce point là l'aurore
» Du jour brillant qui doit venir? »

Mais elle, renonçant aux amours de la terre,
Vient cacher tant d'attraits à l'ombre du saint lieu;
La fille de David mourra vierge!... O mystère!
Que vous seul connaissez, mon Dieu!

Vierge !... Et jamais pourtant, des cieux trop favorables,
Par des vœux indiscrets implorant le secours,
Son père n'a promis aux autels implacables
Le tendre fruit de ses amours (1).

Le pontife, en pleurant, se détourne à sa vue ;
Les mères par leurs cris ont accusé les cieux,
Et bien des jeunes voix ont, dans la foule émue,
Exprimé de touchants adieux.

Allez, vous qu'elle aimait, ô fidèles compagnes,
De cette autre Jephté, vos plus chères amours,
Allez porter le deuil sur les hautes montagnes,
Allez, et pleurez-là toujours.

Près de leurs nouveaux-nés, au nom sacré de mère,
Les filles de Juda souriront de bonheur ;
Mais elle, dans ces lieux plaintive et solitaire,
Elle mourra dans la douleur !...

Hélas ! on nous parlait de visions étranges,
D'ineffables concerts, d'un enfant merveilleux,
Qui souvent, descendu sur les aîles des Anges,
Dans ses bras oubliait les cieux.

(1) Allusion au vœu de Jephté.

On disait... vain espoir !... Belle comme la rose
Que le lévite cueille aux vallons du Carmel,
Marie, à son printemps, Marie, à peine éclose,
Vient aussi mourir à l'autel.

Adieu, flambeau sacré qui péris avec elle,
Source qui vas tarir, sang auguste des rois !...
Chère et dernière fleur d'une tige si belle,
Adieu pour la dernière fois !...

Elle-même a livré sa modeste parure,
Elle-même en défait les flexibles anneaux,
Et, dans un bassin d'or, sa longue chevelure
Tombe sous les sacrés ciseaux.

Le sacrifice est fait.... mais, tandis qu'en silence
La foule se retire.... aux cieux encore ouverts,
Le cantique, un moment suspendu, recommence,
Et ces mots ont frappé les airs :

« Gloire, gloire à jamais, à la vierge qui prie,
» Au lis mystérieux qui se cache à l'autel !
» Prophètes, Chérubins, chantez ! gloire à Marie !
» Marie est la reine du ciel !...

» Comme un astre éclatant, sur les aîles des Anges,
» Un jour elle viendra dans nos sacrés parvis ;
» Les Élus à genoux chanteront ses louanges ;
» Le Verbe Dieu sera son fils !... »

RAVISSEMENT

DE

SAINT PAUL.

ODE.

Scio hominem raptum usquè ad tertium cœlum.
(Épître aux Corinthiens.)

Un jour, dans son cachot visité par les Anges,
Paul, au doux bruit des chœurs qui chantaient ses louanges,
S'endormit, soutenu dans leurs bras glorieux,
Et porté dans les airs, sur leurs rapides ailes,
Brillant comme le front des sphères immortelles;
Alla se réveiller aux cieux.

Là, parmi les Élus, sur un trône d'ivoire,
Il vit dans un nuage et caché dans sa gloire,
Le Monarque invisible au milieu de sa cour;
Il ne lui parla point, mais il sentit son âme
Pénétrée en secret d'une céleste flamme
Comme l'œil au regard du jour.

Et les Saints étonnés, contemplant en silence
Cet élu de la terre admis en leur présence,
Se demandaient le nom de leur hôte nouveau;
Ils disaient : Est-ce un Ange? est-ce un second Elie,
Dont l'âme avec transport dans la gloire accueillie
Vient triomphante du tombeau?

« Gloire à Paul! dit alors dans la céleste enceinte
» Une voix qui sortit de la phalange sainte;
» Gloire à lui! Séraphins, prêtez-moi vos concerts!
» Et vous, chœur des Élus, chantez l'hymne sublime,
» Célébrez à l'envi le héros magnanime,
» Le conquérant de l'univers!

» Des rives du couchant aux lieux où naît l'aurore,
» Le monde sait son nom et le murmure encore;
» Le prêtre à ses faux dieux le dit en frémissant;
» Déjà l'enfer troublé dans sa cruelle joie,
» Quand les tigres du cirque ont demandé leur proie,
» A nommé Paul en rugissant.

» Grand Apôtre ! ta voix, au milieu des miracles,
» A la terre muette a redit ses oracles ;
» Ton front comme Sina s'est couronné de feu ;
» Sur les peuples saisis de respect et de crainte
» Ta grande âme est passée, ainsi que l'arche sainte,
» D'où s'échappait la voix d'un Dieu.

» Vingt fleuves étonnés t'ont vu sur leur rivage ;
» Le Scythe a devant toi courbé son front sauvage ;
» Sous ta puissante main le Grec s'est abaissé ;
» Athène écoute encore et frémit inquiète,
» Comme un peuple s'agite, après une tempête,
» Aux lieux où la foudre a passé.

» Qu'il faisait beau te voir, quand aux rois de la terre
» Tu dévoilais le Dieu qui lance le tonnerre,
» Quand l'orgueil d'un sénat (1) pâlit devant la croix !
» Quand le ciel suspendant ses éternelles fêtes,
» Les chœurs des Chérubins et les chœurs des Prophètes
» Écoutaient ta superbe voix !

» C'est toi, dont la puissante et divine éloquence
» Du Christ dans l'univers a réparé l'absence ;
» Jamais génie au tien ne s'est levé pareil ;
» L'erreur de toutes parts s'enfuit à sa lumière :
» Vous tomberez, ô dieux ! dans l'obscure poussière,
» Vous dormirez votre sommeil !

(1) L'Aréopage, auquel il annonça le Dieu inconnu.

» Poursuis, noble héros, poursuis ta course immense;
» C'est par là que, bravant l'enfer et sa puissance,
» Ton âme a pris vers nous son vol mystérieux;
» Poursuis, il faut aller jusqu'où finit le monde,
» Le soleil doit à tous sa lumière féconde
» Avant de remonter aux cieux.

» Il est une cité que la gloire environne;
» La terre, de ses tours fièrement se couronne;
» Un peuple de héros habite dans son sein;
» C'est elle qui des rois courbe la tête altière,
» Mille sceptres brisés ont formé la poussière
» Que foule son pied souverain.

» Elle aussi dans ta voix reconnaîtra son maître;
» Au fond de leurs tombeaux, en te voyant paraître,
» Ses conquérants fameux vont encor tressaillir;
» Car tu vas lui donner de plus vastes royaumes,
» Plus d'immortalité, qu'aucun de ses grands hommes,
» Dont elle peut s'énorgueillir.

» Déjà je vois s'ouvrir les saintes catacombes;
» Sors, ô Religion, des ténébreuses tombes
» Où tes fils se cachaient à la clarté du jour;
» Va dans le Capitole admirer ta conquête;
» Ne vois-tu pas la croix qui, couronnant sa tête,
» Domine le monde à son tour?

» Que j'aime à contempler ta marche triomphante !
» Mais ta main d'un martyr tient la palme éclatante ;
» Quel est ce noble sang qui rougit tes lauriers?
» O grand Paul ! c'est le sang qui paîra sa victoire,
» C'est celui d'un héros qui saura, pour sa gloire,
» Braver les glaives meurtriers.

» Triomphe ! c'est le tien ; l'enfer va le répandre ;
» Triomphe ! car les cieux environt à ta cendre
» Ta gloire et ton trépas, héroïque martyr !
» Vois briller devant toi ta couronne immortelle ;
» Oh ! pourquoi, comme l'homme et d'une mort si belle,
» Un Ange ne peut-il mourir?

» Triomphe ! des tyrans le règne impur s'achève ;
» Rome, qui dans ton sang émoussera son glaive,
» Va devenir chrétienne en le voyant couler ;
» Tu meurs, mais ton trépas est un trépas sublime ;
» Et ce sang, en tombant, va creuser un abîme
» Où les idoles vont croûler.

» Je vois, dans l'avenir, belle et renouvelée,
» La fille des Césars, ainsi qu'un mausolée,
» De son pieux martyr couronner le tombeau ;
» Un empire y naîtra de ta cendre féconde,
» Et la Religion, qui doit survivre au monde,
» Aura ta tombe pour berceau.

» Mais l'univers attend ; va finir ta conquête!
» Un jour ces mêmes cieux s'ouvriront sur ta tête
» Mille peuples vaincus paraîtront devant toi,
» Et des Anges ravis la troupe harmonieuse
» Suivra, la lyre en main, ta marche glorieuse
» Devant le trône du grand Roi. »

La voix alors se tut, et la voûte étoilée
Disparut tout à coup, d'un nuage voilée ;
Paul fut hors du saint lieu par les Anges porté;
Comme un astre tombé des célestes royaumes
Il brillait de leur gloire, et l'on dit que les hommes
Crurent voir la Divinité (1).

(1) Les Ephésiens, prenant saint Paul pour un Dieu, voulurent lui offrir de l'encens. (ACTES DES APOTRES.)

LE

MOYEN-AGE.

Fragment.)

. . . .

Autour du vieux donjon, à l'ombre du château,
D'où le seigneur, ainsi qu'un aigle dans son aire,
Imprimait le respect à la contrée entière,
Ne régnait pas toujours l'innocence et la paix.
Le sol, souvent souille par d'horribles forfaits,
Refusait ses presents au laboureur sauvage,
Qui, sous les lois d'un triste et douloureux servage,
A des guerets, sans cesse abreuvés de son sang,
Ne donnait qu'à regret ses sueurs en tremblant.

Durant les jours bénis, les trop courts intervalles
Que l'Eglise imposait aux luttes féodales.
Partout régnaient l'horreur, le silence et l'effroi ;
On n'entendait au loin que les sons du beffroi,
Ou ceux du couvre-feu dont les accents funebres
Du pauvre pelerin, surpris par les tenèbres,
Hâtaient les pas tardifs, et semblaient l'avertir
Qu'il fallait, ou trouver un asile, ou mourir.
Alors, malheur à lui s'il n'allait au plus vite
Sous le chaume lointain chercher un pauvre gîte !
Vainement à minuit, aux portes du manoir,

Il disait : « Par pitié ! daignez me recevoir ;
» Ouvrez, je ne suis point le spectre qu'on redoute,
» Ou l'impur Malandrin qui trouble le hameau !
» Ouvrez, j'allais prier, et j'ai perdu la route
» Du saint Tombeau

» Ouvrez, la nuit est sombre ; ouvrez ! Jusqu'à l'aurore,
» Au frêle papillon la fleur ouvre son sein,
» La terre au ver impur, et rien n'abrite encore
» Le pelerin !

» J'entends le loup qui hurle, et je serai sa proie ;
» Ouvrez, par tous les Saints ! vous en serez benis.
» Ouvrez, pour que, près d'eux, le Seigneur vous octroie
» Un gîte, un jour, au Paradis ! »

Il disait : mais les vents emportaient la priere.
Le villageois, tremblant au fond de sa chaumiere,
Rêvant aux Malandrins, se fut gardé d'ouvrir
Au pelerin mourant qu'il entendait gémir.
Tels furent les plaisirs dans lesquels l'ignorance
Berça de nos aïeux la douloureuse enfance.
Non moins ignorant qu'eux, rarement le seigneur
Sous ses murs crénelés abritait le bonheur.
Un coup de main hardi, une chasse où la proie
Fatiguait les faucons : c'était toute sa joie.
Quand tout était fini, dans le morne château
Le silence régnait : on eût dit un tombeau.
Jamais, près du baron, la troupe émerveillée
Par de charmants récits n'égayait la veillée;
Il bâillait au foyer; même à table, l'ennui,
Parasite assidu, s'asséyait près de lui.
Si quelquefois ces lieux, à la tristesse en proie,
Après des jours de deuil souriaient à la joie,
C'était quand, sous les pas d'un jeune ménestrel,
Les arts, encore enfants, visitaient le castel :
Le pont-levis tombait pour lui livrer passage;
Il était, à la herse, accueilli par un page
Qui le guidait, couvert de rubans et de fleurs,
Dans la salle parée où vassaux et seigneurs
Par de brillants festins fêtaient sa bienvenue.
La lance pour un temps languissait suspendue;
Les dames oubliaient la pourpre et le semblin,
Et, pour ouïr les chants du riant paladin,
Laissaient dormir l'aiguille et les fuseaux d'ivoire.
Lui, rayonnant de joie, au naïf auditoire
Racontait les exploits d'un chevalier fameux;
Comment, aimé du ciel, un ermite pieux
Avait désenchanté le manoir triste et sombre
Où d'infernales voix venaient hurler dans l'ombre;

Les récits que lui-même, un bourdon à la main,
Il avait recueillis au-delà du Jourdain,
Et le Tombeau du Christ, et ses nombreux miracles ;
Et la Fee aux crins d'or, dont il sait les oracles,
Et mille fabliaux, gais tensons et doux chants
Dont le soir, au foyer, on s'entretint long-temps.
Sans doute sur la lyre, où l'art venait d'éclore,
Les Muses ne fesaient que bégayer encore :
Mais, déjà dès l'aurore, on pressent un beau jour.
Les peuples saluaient ses chants avec amour,
Et partout à sa voix oubliaient leur misère ;
Mais leur bonheur passait, et la joie ephemère,
Quand charge de présents le chanteur avait fui,
Vers un autre manoir s'exilait avec lui.

LE MISSIONNAIRE

DU PARAGUAY.

(Fragment.)

. . . .

Sur les bords enchantés qu'arrose l'Amazone,
Au milieu des lions, des tigres furieux,
Mille peuples épars, non moins sauvages qu'eux,
Au gré de leur instinct erraient à l'aventure;
A leurs vils appétits livrés par la nature,
Ils vivaient étrangers aux sentiments si doux
Et de père, et de frère, et d'amis, et d'époux.
Pour eux point de plaisir, point de joie innocente:
Soumis aux seules lois d'une faim dévorante,

Sur leur pere ils levaient leurs criminelles mains,
Et devoraient sa chair en d'horribles festins.
Quand la Religion, dans leurs bois descendue,
Vit ces maux, en gémit, et d'une voix émue :

« De ce peuple, dit-elle, il faut ouvrir les yeux;
» Conduisons le bonheur dans ces sauvages lieux!
» Mais qui réunira, dans ce désert immense,
» Tous ces peuples épars qui fuient à ma presence?
» Beaux-Arts, douce Harmonie, ô toi dont les accents
» Enchaînaient la fureur des tigres frémissants,
» Soumets ces malheureux à mon aimable empire,
» Charme leur solitude aux accords de la lyre! »

Elle dit : et les Arts, desertant nos palais,
Vinrent de l'Amérique enchanter les forêts;
Le désert fut leur temple, et toutes leurs merveilles
Y charmèrent les yeux, ravirent les oreilles.
Une toile animée, où d'habiles pinceaux
Avaient peint nos palais, nos villes, nos hameaux,
Des chants qui des oiseaux surpassaient le ramage,
Furent le piège heureux où se prit le Sauvage.

A l'heure où de la nuit le char silencieux
S'élevait mollement sur la voûte des cieux,
Une lyre à la main, l'homme de la prière
Pres du réduit sauvage errait avec mystère,

Et, long temps invisible, il remplissait les airs
Du bruit mélodieux de ses tendres concerts
Il disait de Sion les chants mélancoliques ;
Il peignait tour-à-tour, dans ses pieux cantiques,
Et la Religion par des cris déchirants
Demandant au désert ses farouches enfants,
Et la terre de fleurs par le printemps parée,
Et l'épi jaunissant, et la moisson dorée,
Il disait : et, ravi des doux sons de sa voix,
Le Sauvage, oubliant et sa hutte et ses bois,
Accourait, transporté d'une joie inconnue ;
Sa main laissait tomber la hache et la massue,
Et ses yeux répandaient des larmes de plaisir
Alors, pour l'attirer, le Père semblait fuir
Et toute la peuplade, à ses pas enchaînée,
Jusqu'au hameau chrétien le suivait, étonnée ;
Il semblait dans sa fuite entraîner les déserts ;
On voyait cet Orphée, aux sublimes concerts,
Revenu au bercail, paraissant à la tête
D'un peuple dont sa lyre avait fait la conquête.

Ce fut le père Aubry, dont les chants merveilleux
Apprirent à dompter ces tigres furieux
Par l'effet surprenant d'une douce harmonie
Ce Prêtre, dont la Grâce inspira le génie,
Dans le hameau chrétien reparut le premier,
Entraînant à sa suite un peuple tout entier.
Il s'était égaré dans le désert immense,
Ne portant en sa main que la croix pour défense :

Pendant qu'il cheminait dans ces horribles lieux,
Un cri se fait entendre. Il regarde, et ses yeux
Ont vu mille Indiens, pleins d'une affreuse joie,
Qui déjà s'apprêtaient à dévorer leur proie :

« — Tu peux chanter la mort, dit leur chef menaçant,
» Je veux boire aujourd'hui dans ton crâne sanglant ;
» Chante, et que nos guerriers admirent ton courage ! »

Le Père à la fureur de la horde sauvage
Ne pouvait opposer que les sons de sa voix ;
Mais ils étaient si doux, que les oiseaux des bois,
Au bruit de ses accords, se taisaient pour l'entendre...
Pareil au chantre ailé des rives du Méandre,
Le cygne des déserts, par ces adieux touchants,
Salua le trépas, ravi de ses accents.

« Je vais dans un lieu plein de charmes,
» Je meurs martyr, je meurs content ;
» Une couronne au ciel m'attend ;
» Pourquoi, mes yeux, verser des larmes ?

» Pauvre Indien, je déplore ton sort,
» Sur tes malheurs mon âme est attendrie ;

» Je venais te sauver, je te portais la vie,
» Et tu vas me donner la mort !

» Ma voix à la douce lumière
» Venait ouvrir tes faibles yeux ;
» Je venais te conduire aux cieux
» Avec les fils de la prière !

» Pauvre Indien, etc.

» Je venais apprendre à la terre
» A te prodiguer ses moissons,
» Comme à de tendres nourrissons
» Prodigue son lait une mère !

» Pauvre Indien, etc.

» Puisse, de mon sang arrosée,
» Cette contrée un jour fleurir !
» Puisse mon sang y rejaillir,
» Ainsi qu'une douce rosée !

13

» Pauvre Indien, je déplore ton sort,
» Sur tes malheurs mon âme est attendrie;
» Je venais te sauver, je te portais la vie,
» Et tu vas me donner la mort! »

Il dit: puis saluant d'une voix triomphante
Des généreux martyrs la couronne éclatante,
Il regarda les cieux avec un doux soupir,
Et se mit à genoux pour prier... et mourir!..
O prodige! etonné de répandre des larmes,
L'Infidèle à ses pieds laissait tomber ses armes!
En timides agneaux sa voix changea ces loups,
Et leurs terribles mains embrassaient ses genoux.
Bientôt, lui prodiguant les plus douces caresses,
Et mettant à ses pieds ses sauvages richesses.

« — Fils des Blancs, dit leur chef, genie harmonieux,
» Tes chants nous ont ravi; conduis-nous dans ces lieux
» Où l'on dit que les tiens enseignent la prière;
» Si tu n'es pas un Dieu, tu seras notre père! »

C'est ainsi que les arts, dans ces pays lointains,
Poliçaient de nos jours les farouches humains,
Et de l'antiquité retrouvant les oracles,
De la voix d'Amphion surpassaient les miracles.
Où frémissait le tigre, où rampaient les serpents,
S'élevèrent bientôt des états florissants;

Bientot on vit la vigne et les moissons fertiles
Couvrir de leurs trésors les savanes steriles ;
Semblables à des nids entoures de rameaux,
Fleurirent dans les bois de paisibles hameaux,
Où la Religion, mère tendre et fidèle,
Cachait ses nourrissons, les formait sous son aile,
Ou les arts, cultivant les fiers enfants des bois,
Achevaient leur bonheur en leur donnant des lois.

Jouissez a jamais d'une gloire immortelle,
Enfants de l'harmonie, ô vous à qui le zele
Inspirait autrefois ces magiques accents,
Qui savaient du désert adoucir les enfants
Et leur donner des lois sans leur donner des chaînes !
Vous, que l'on vit errer sur ces plages lointaines,
Portant la vérité, la paix et le bonheur,
L'impie a, je le sais, dans sa noire fureur,
Outragé vos succès et détruit votre ouvrage ;
Mais vous vivrez toujours dans l'esprit du Sauvage :
Sa touchante douleur, ses larmes, ses regrets,
Encore à l'etranger parlent de vos bienfaits,
Et, sur les murs detruits où fleurit votre empire,
Du Prêtre harmonieux il demande la lyre !

DISCOURS.

DISCOURS

PRONONCÉ

A la Distribution solennelle des Prix

Du Petit-Séminaire de Saint-Pons,

Le 22 Août 1844.

MONSEIGNEUR, MESSIEURS,

Quand on vint, au milieu de mes travaux paisibles, me dire que j'étais appelé à diriger le Séminaire de Saint-Pons, mon premier sentiment fut de me réjouir d'avoir attiré sur moi les regards d'un Prélat si distingué par son mérite, si capable d'apprécier tout ce qu'en retour de sa noble confiance, je pouvais mettre à ses pieds de zèle et de dévouement. Je me réjouis aussi de succéder à un homme justement vanté pour ses lumières, et de venir, en recueillant son héritage, me placer dans les rangs d'un clergé honorable, que depuis long-temps je savais estimer, et auquel, j'aime à le dire, parce que je le sens, je suis fier d'appartenir.

Je l'avouerai, j'hésitai néanmoins. Je savais que cette succession n'était pas sans péril, et qu'elle me coûterait plus d'un sacrifice; mais je savais aussi que cette succession était glorieuse, et la mission qui m'était confiée était grande et belle...

— Il est beau, me disais-je, de se lever sur une nombreuse et intéressante jeunesse, pour répandre sur elle cette surabondance de zèle et de charité dont le cœur du prêtre doit être rempli, de prendre, pour ainsi dire, dans les langes ces jeunes rois de la création, ces nouveaux arrivés dans la vie, de diriger leurs premiers pas et de les mener à leur destinée par le chemin du bonheur! Il est beau de poursuivre en eux l'œuvre inachevée de Dieu, de pouvoir leur dire: « Le Créateur vous fit enfants, et moi je vous fais hommes! » Il est beau de faire comme lui des êtres à sa ressemblance, de jeter le reflet de son âme sur d'autres âmes, comme le soleil jette sa lumière sur les astres qui gravitent autour de lui, de faire de leur pensée l'image de sa pensée, de leur cœur l'image de son cœur, de perpétuer son être, de le rendre fécond, et de le multiplier sur la terre par l'intelligence et l'amour...

Il est beau, me disais-je, de savoir acheter au prix de quelques sacrifices une si noble destinée : ils l'achetèrent plus cher que nous, ces hommes vénérables qui vinrent, les premiers, quand ces lieux n'étaient encore qu'une solitude, disputer leur demeure à ces stériles rochers, et élever pour les siècles à venir cet asile immortel de la piété et de la science...

Je disais, et je vins...

Sans doute, je ne comptais point sur mes faibles lumières; mais mes intentions étaient pures, et je sentais que le roseau le plus fragile devient bien fort, quand il est soutenu par le bras de Dieu. Si, comme cet homme qui frappait sa tête, je ne pouvais pas dire : « Il y a quelque chose là ! » je pouvais, en mettant la main sur mon cœur, tenir le même langage.

Oui, moi aussi, je sentais qu'il y avait quelque chose là, qu'en descendant dans mon cœur, j'y trouverais assez d'amour pour rendre heureuse ma nouvelle famille, et que dans cet amour je trouverais tout, parce qu'on peut toujours espérer de bien conduire une jeunesse qu'on sait bien aimer... Je vins donc; et si cette démarche me demanda quelques sacrifices, s'il fallut quelque dévouement, je ne tardai pas à en recevoir la récompense... Je la trouvai dans vous, chers Élèves, dans vos cœurs qui vinrent au-devant du mien; je la trouvai dans votre application au travail, dans votre amour, tant de fois manifesté pour vos maîtres, dont vous avez su, comme moi, apprécier le zèle et le talent. Je la trouvai dans les sympathies des hommes les plus honorables de cette cité, et dans celle des pères de famille qui vinrent, en nous confiant ce qu'ils ont de plus cher, nous prouver d'une manière éclatante qu'ils avaient foi dans notre avenir.... Ils ont foi dans notre avenir..... Et certes, il faut l'avouer, le succès serait bien injuste, s'il manquait à leurs espérances et aux nôtres.

Vous le savez, Messieurs, peu d'éducations offrent à toutes les classes de la société autant de garanties que celle qui est donnée depuis longtemps dans cette Maison si justement célèbre, devenue, par l'universalité de son enseignement, un asile de tous les arts, un panthéon de la science. Saint-Pons, aujourd'hui que sa prospérité matérielle est bien garantie, Saint-Pons n'a plus rien à envier aux autres collèges ; mais il est des choses que les autres collèges peuvent lui envier.

Ils peuvent lui envier, à bon droit, outre la magnificence et la beauté de ses édifices, cette régle si douce et si sage qui épargne tant d'ennuis aux jeunes Élèves qu'elle conduit, cette discipline si paternelle qui obtient par la persuasion ce qu'on n'obtient ailleurs que par la force, qui laisse toujours percer le pardon à travers la menace, et dont les rigueurs, quand elles sont devenues nécessaires, semblent elles-mêmes une des attentions de l'amour. Ils peuvent nous envier cette union, ces rapports si agréables, si utiles à la fois, qui existent ici entre les Élèves et les Maîtres ; et cette politesse si précoce qui en est le fruit, et ce bon ton, ces manières aisées qui font que nos jeunes hommes sont accueillis partout avec tant de faveur. Ils peuvent nous envier aussi ce qui est, hélas ! devenu si rare dans le siècle où nous sommes, le respect du prêtre et l'amour de la religion.

La Religion ! vous me permettrez de ne point prononcer son nom sacré dans une circonstance si solennelle, sans m'arrêter pour lui rendre hommage de tout le bien qui s'est fait ici, sans dire que je compte, avant tout, sur son appui pour le bien qui nous reste à faire. La Religion! Il est aujourd'hui des hommes dont l'œil, aveugle comme celui de l'athée qui méconnait Dieu dans son œuvre, a méconnu la Religion dans la sienne; ils veulent qu'elle ne soit pour rien dans une société qu'elle a créée, au milieu d'une jeunesse sur laquelle elle a répandu tant de bienfaits; et quand, semblable à cette femme de l'Écriture qui réclamait à la justice de Salomon le fruit de ses entrailles, elle élève sa voix de mère pour dire aux enfants : « Venez à moi! » pleins d'un sombre chagrin, ils voudraient repousser les enfants qui, de toutes parts, accourent vers elle. Ils ont oublié que tout ce qui a prospéré, que tout ce qui est devenu grand autour d'eux, est empreint du sceau de sa main puissante et régénératrice.

Quand le marteau du Barbare eût achevé de disperser sur la terre les membres mutilés de l'empire romain, quand la poussière de tant de ruines, quand la fumée de tant de villes incendiées eût disparu, c'est la Religion qui sortit des catacombes, comme la colombe de l'Arche, pour annoncer des jours meilleurs, pour porter l'ordre et la vie au milieu de cet immense chaos; c'est elle qui fit un monde nouveau avec les ruines de l'ancien , et , se déclarant l'institutrice des peuples , commença l'œuvre admirable des sociétés modernes. C'est elle qui donna à ces peuples encore grossiers et sauvages , encore armés de la hache et de la massue, encore couverts de poussière et de sang , ces institutions célèbres qui ont servi de base et de modèle aux plus belles institutions des temps modernes, qui leur fit entendre dans ses solennités ces chants pleins d'une si majestueuse harmonie , qui bâtit ces cloîtres mystérieux , ces augustes cathédrales , sublime poésie de l'architecture , grandes épopées de pierre où son inimitable ciseau gravait sur le marbre et l'airain les premières pages de son immortelle histoire.

C'est elle qui, au milieu des ténèbres du moyen-âge , se leva toute lumineuse , tenant d'une main la Bible qu'elle avait reçue du Ciel , de l'autre Homère qu'elle avait sauvé des flammes : sources fécondes d'où sont sortis comme deux grands fleuves , belles tiges où ont brillé comme des fleurs au suave parfum , d'un côté le Dante , Milton , Pétrarque , le Tasse , de l'autre Corneille , Fénélon , Lafontaine et Racine ; c'est elle qui éleva l'esprit de Newton dans les cieux , qui , guidant la philosophie de Descartes dans sa route hardie, l'arrêta devant ces dernières limites au-delà desquelles la raison s'anéantit ; c'est elle qui dota le génie si complet de Pascal d'une pensée si forte, si profonde, que notre langue dont il s'est servi, devenue un monument impérissable, garde encore l'empreinte et la forme qu'il lui a laissées. C'est elle qui porta si haut notre Bossuet, qui découvrit à son regard d'aigle un horizon si vaste ; c'est elle qui, en faisant tout-à-coup un prophète, lui dit : « Vous soufflerez sur les siècles passés » comme sur des ossements arides, et ils se lève» ront à votre voix pour instruire l'avenir. Vous » irez au milieu des tombeaux où dorment anéan» tis les cadavres des grandes cités, et de ces dé» bris de l'homme vous ferez sortir une voix qui » dira à la Muse de l'histoire toute la pensée de » Dieu ! »

C'est elle, en un mot, qui, dans notre littérature comme dans notre société, toute pleine de ruines, où il y a tant de mouvement et si peu de vie, conserve et maintient debout tout ce qui marche à la clarté de son flambeau, tout ce qui porte son caractère, qui est celui de l'immortalité... C'est elle... Mais ils l'ont oublié, ces enfants ingrats qui battent le sein de leur mère, après qu'ils se sont repus de son lait ! Pour nous qui n'en perdons pas le souvenir, nous qui savons que l'inspiration est née près des autels, que la Religion, selon la belle image du chancelier d'Angleterre, est à la science ce que l'arôme est à la fleur, que la poésie languit loin de ses regards, que le Génie se tue quand il devient athée, parce que le beau c'est le vrai, parce que le style c'est l'homme, et que l'homme n'est rien sans Dieu; nous qui savons que, non seulement la littérature, mais l'amour de la patrie, mais la liberté et les vertus sociales ne peuvent exister sans son secours, que rien n'est grand et beau, que rien ne vit là où elle n'est pas, nous nous mettrons à son ombre, nous nous attacherons à elle comme le lierre au chêne, comme la faiblesse à la force, comme l'enfant à sa mère...

Oui, nous nous attacherons à la Religion, non pas à la Religion telle que la conçoivent des esprits étroits et bas qui ne l'ont jamais connue, mais à cette Religion qui cherche et ne craint point la lumière, qui ne se méfie pas de la science, parce qu'une vérité ne peut en détruire une autre, parce que toutes les sciences sont son œuvre, et que de toutes sort une voix qui publie sa gloire; à la Religion qui encourageait le pinceau de Raphaël, qui souriait aux efforts surhumains de Michel-Ange, qui a dit au botaniste : « Étudiez la plante ! » au géologue : « Sondez la terre jusqu'aux plus profonds abymes ! » parce que dans ses abymes, comme sur le front du soleil, on trouve partout écrit : Dieu !... à la Religion grande, élevée, telle que son Auteur divin l'a faite, telle, Monseigneur, que nous l'avons trouvée sur vos lèvres, d'où tombait si éloquente votre parole d'Évêque, quand vous daignâtes la faire entendre à vos enfants...

Oui, elle grandira cette Maison sur laquelle vous répandites alors une si belle semence ! elle grandira par la religion et le savoir que vous y avez abrités ! elle grandira par vos faveurs, dont elle est si fière ! elle grandira par ses ennemis dont la haine obstinée prouve tout ce qu'il y a de vie et d'avenir en nous, car on ne s'acharne pas sur ce qui agonise, et l'on ne se donne pas tant de peine pour tuer ce qui meurt ! Elle grandira par vous aussi, chers Élèves, qui partez pleins d'affection pour vos Maîtres, qui, par votre bonne conduite, allez porter dans vos familles la meilleure réponse à tous les bruits que la malveillance y a peut-être répandus ! Comme de fragiles plantes, il a fallu quelquefois, pour vous sauver, vous entourer de quelques épines ; mais ces épines ont été rares, et les fruits qu'elles ont conservés sont abondants.

Ils sont toujours bien beaux ces lauriers que la

victoire vous prépare, tous les ans, pour vous payer de vos peines; mais ils n'eurent jamais plus d'éclat qu'en ce moment, où ils reçoivent un si haut prix par la présence de notre vénérable Evêque, de ces magistrats, de ces prêtres honorables; par la présence d'un héros (1), reste précieux de ces illustres guerriers qui apprirent à vaincre sous les yeux du Grand Homme; d'un héros qui a rempli du bruit de ses exploits une terre barbare, qui, par sa sagesse et par sa valeur, apprit à nos ennemis à craindre, à bénir le nom de la France, en leur apprenant à craindre, à bénir le sien. Recevez-les avec orgueil ces lauriers, auxquels sa main vient attacher de si beaux souvenirs.... et oubliez ce qu'ils vous ont coûté, en les mettant sur le front de vos mères!

---

(1) Le lieutenant-général Galbois, ancien gouverneur de Constantine

DISCOURS

PRONONCÉ

A la Distribution solennelle des Prix

Du Petit-Seminaire de Saint-Pons,

Le 25 Août 1845.

MONSEIGNEUR, MESSIEURS,

S'il est un beau jour dans la vie, c'est celui où l'élève qui nous fut remis enfant sent, à quelque chose de grave et de solennel qui se passe dans son âme, que Dieu va compléter son être, qu'il va devenir homme; c'est celui où, mûri par les leçons de ses maîtres, grandi par la voix des siècles souvent évoqués autour de lui, ce jeune roi dont nous avons gardé la minorité, cultivé la vie, se lève pour prendre entre ses mains le sceptre de l'intelligence, et s'élancer, plein d'ardeur et d'espoir, au milieu d'un monde où son imagination lui promit tant de fois le bonheur, la gloire, où son zèle va trouver un théâtre, et son talent l'avenir !...

Jeunes Élèves, que nous sommes si fiers de rendre à la patrie, qui venez, en nous saluant d'un dernier adieu, recevoir ici votre dernière couronne, ce jour est enfin venu pour vous, et pour vous aussi c'est un jour solennel, car il est grand le théâtre sur lequel vous êtes appelés, et la destinée qu'on vous y prépare est belle.

Vous allez vous lever, et vous devez en remercier le ciel, sur une terre de puissante et noble mémoire, au milieu d'un de ces peuples rares qui sont la gloire de la civilisation et l'orgueil de l'humanité. Le monde qui marche, en suivant ses traces, les yeux fixés sur son drapeau, redit avec terreur le nom de ses guerriers, avec amour les chants de ses poètes. Nulle part, dans l'univers, la gloire n'a laissé tant de vestiges, le génie tant de souvenirs. Si les héros des temps antiques pouvaient revivre, ils ne choisiraient d'autre patrie que celle qui vous a vus naître, d'autre siècle que celui qui s'est levé si grand sur votre berceau.

Le ciel a voulu vous épargner une cruelle épreuve : nos pères ont été les témoins d'une révolution sanglante, d'une affreuse tempête ; et, si vous posiez la main sur la lave que le volcan a vomie, vous la trouveriez encore brûlante. Le coup fut si terrible, et ils en furent tellement effrayés, qu'ils ne purent le comprendre. Ils moururent presque tous, désespérant de l'avenir, croyant que les destins de la patrie étaient achevés, et qu'elle allait s'endormir, comme Rome, sur une terre fatiguée de gloire.

Vous arrivez le lendemain de l'orage pour en recueillir le fruit : la lave qui a brûlé le sol pour nos pères, l'a fécondé pour vous. Vous venez avec une génération, où la leçon de Dieu n'est pas restée incomprise. Nous savons tous aujourd'hui qu'il faut quelquefois oublier pour apprendre, abattre pour bâtir ; que ce que nous appelons une tombe, est souvent un berceau. Après Marius et Sylla, vint Auguste ; après la Ligue, Henri IV ; après la Fronde, Louis XIV ; et dans chacun des malheurs qu'elle envoie, la Providence cache toujours un bienfait. Nous le savons, car nous l'avons vu.

Nous avons vu, spectacle sublime! un grand homme refaire un grand peuple, dix-sept siècles que le souffle des révolutions avait couchés là se réveiller tout à-coup, comme s'ils eussent attendu, pour se lever, que le conquérant vint les toucher du bout de son invincible épée. Nous avons vu la France se lever plus belle que jamais, avec un ordre de choses tout nouveau, avec toute une régénération sociale. Du sein de sa ruine feconde, le XIXme siècle a retiré, presqu'en même temps, la gloire, la liberté, le génie; et fier de sa triple conquête, il a remis la France à sa place, c'est-à-dire au premier rang.

Jeunes-Gens, son œuvre n'est pas achevée; une de nos grandeurs est encore sous nos débris, et nous avons compté sur vous pour la relever. C'est vous qui nous rendrez, entourée des hommages des peuples, la Religion, cette vestale immortelle, dont les mains pures entretiennent le feu sacré de la patrie, et qui fait descendre sur les institutions qu'elle consacre tout l'amour qu'on lui donne, tout le respect qu'on lui rend : la Religion, sans laquelle il n'y a long-temps pour un pays ni gloire, ni liberté, ni génie, parce que le génie, la liberté, la gloire appartiennent à Dieu.

Le génie est à Dieu ! Dieu ne l'a point créé pour être un vain spectacle à la terre, ou pour flatter l'orgueil d'un homme, humble piédestal sur lequel le feu céleste est descendu, faible roseau qui se consume en éclairant les autres, qui plie et souffre sous un poids dont il est souvent écrasé. Dieu l'a fait, comme les étoiles du firmament, pour publier sa gloire, et pour guider l'humanité qui marche à travers les siècles. S'il manque à sa destinée, ce n'est plus qu'un astre égaré dans sa route, c'est un soleil qui s'éclipsera bientôt, et qui brûlera la terre au lieu de l'éclairer.

C'est Dieu qui a fait les rois de la parole, les conquérants de la pensée. C'est lui qui a fait Homère, comme il a fait Cyrus, comme il a fait Alexandre. Quel autre a pu produire ces hommes de l'âge d'or de la littérature chrétienne, dont la voix triompha des maîtres du monde ; ces architectes prodigieux qui bâtissaient au milieu des ruines, et fondaient les sociétés modernes avec les débris de l'empire romain ? Quel autre a pu créer Bossuet, dont l'éloquence poussait à bout la gloire humaine, dont la raison, plus puissante que des armées, traça autour de la Réforme et de l'ombre sanglante de Luther un cercle étroit qu'elle ne passera plus ?

Le génie est à Dieu ! Heureux qui sait le comprendre ! malheur à qui l'oublie !

Ils l'avaient oublié ces deux hommes trop malheureusement célèbres, qui portaient une révolution, l'un dans sa parole, l'autre dans son infernal sourire ; ces deux météores tombés des cieux, dont la chûte alluma sur la terre un immense incendie ! Génies sinistres dont le foyer, comme les miroirs brûlants d'Archimède, augmenta la corruption du siècle en la réfléchissant, qui passaient sur les intelligences comme ces hommes qui furent les fléaux de Dieu, comme ce roi barbare dont la main fatale et terrible desséchait sur la terre tout ce qu'elle y avait touché !

Ils l'ont oublié ces tard-venus d'un autre âge, ces faibles disciples dont l'autel est une tombe, d'où ils s'efforcent en vain d'évoquer, avec l'ombre de leurs puissants maîtres, leurs erreurs vieillies qui parcoururent jadis le monde, ayant sous leurs pieds des ruines et sur leur front une tache de sang ! ces hommes qui vantent le progrès, et qui ne veulent marcher avec la société que lorsqu'elle s'avance vers un abyme ; ces insensés qui ignorent qu'on ne refait pas le passé, que les siècles ne remontent pas vers leur source, que l'incrédulité a fait son temps aussi bien que l'intolérance, que Dieu permet souvent au mal de s'armer contre le mal; mais que, lorsque la lutte est finie, c'est le bien qui reste, et la Religion restera, inébranlable comme ces pyramides immortelles dont le front est demeuré serein au milieu des orages, et qu'on retrouve encore immobiles quand la terre a tremblé jusque dans ses fondements!

Ils l'ont oublié ces écrivains qui prostituent leur plume à la calomnie, qui, après avoir insulté le présent, vont de tombe en tombe pour insulter le passé, pour ajouter de nouvelles ruines aux ruines déjà faites, pour flétrir toutes les gloires nationales, pour désenchanter tous les souvenirs de la religion et de la patrie! ces auteurs de drames immoraux, dont la Muse, nouvelle Bacchante, est montée sur le théâtre pour y briser le luth d'Orphée, pour y faire subir à nos héros les plus hideuses et les plus étranges métamorphoses! Poëtes sans foi, qui, sous le prétexte de tuer le Paganisme, qui mourait bien sans leur secours, sous le prétexte de prendre la littérature au berceau de la patrie et du christianisme, qui est sa véritable source, ont prêté aux siècles d'autrefois la corruption des nôtres, ont fait mentir le passé, et infecté, comme des lépreux, les eaux pures et fécondes où ils ont été puiser.

Ils l'ont oublié ! ils ont méconnu leur mission !

Quelques-uns, je ne puis le dire ici sans une profonde douleur, l'avaient néanmoins bien noblement comprise ; mais ils l'ont oubliée... Nous avons vu plus d'un astre s'éclipser, plus d'un aigle tomber du ciel pour être descendu trop souvent sur la terre. Et, si nous rappelons leurs chants d'autrefois, si nous mesurons la grandeur de leur chûte, nous comprendrons que le génie doit être chrétien dans ses intérêts aussi bien que dans ceux de l'humanité, nous comprendrons qu'on n'insulte jamais en vain la religion de son pays.

Tu ne l'oublias point, et tu compris mieux les intérêts de ta gloire, chantre harmonieux d'Eudore et de Cymodocée, sublime vieillard, Homère des croyances chrétiennes, toi qui consacras les premiers accents de ta muse à ramener vers le Dieu de tes pères une nation aveuglée par le doute et mourante d'incrédulité ! Tandis que nos soldats couvraient de leurs lauriers les hontes sanglantes de l'échafaud, fils respectueux, tu consolais nos ruines, et tu couvrais du manteau de la gloire les ignominies d'une raison qui s'était oubliée, tantôt jusqu'à se nier, tantôt jusqu'à se diviniser elle-même. Dieu qui t'avait choisi pour défendre sa cause, te promena dans le monde tout entier. Il te fit lire toutes les pages du livre de la création, il te montra son œuvre, puis il te rendit à ta patrie, il te dit de chanter, et les peuples s'inclinèrent devant toi. Comme les poètes du monde naissant, tu remuas les pierres avec ta lyre, et tu rebâtis les autels. Quand les Barbares, de leurs mains sanglantes, pesaient à regret les destinées d'un culte qu'ils avaient proscrit, tu vins au secours du géant des batailles, qui, lui aussi, défendait la cause de Dieu, tu posas dans la balance où il avait jeté son glaive le génie du christianisme et le tien, et l'on se demande encore si l'œuvre de ta plume ne pesa pas autant que l'invincible épée !

Le génie est à Dieu ! Voilà pourquoi il l'a fait si grand, voilà pourquoi il lui réserve un avenir si beau !...

Voyez-vous les hommes occupés de toutes parts à suspendre le cours des fleuves, à percer le flanc des montagnes, à refaire le globe vaincu par l'effort de leurs bras ? Les voyez-vous lancer sur la terre et sur les mers ces machines rapides qui dévorent l'espace et qui se jouent des tempêtes? Ces travailleurs infatigables, qui se croient les soldats de l'industrie, sont les soldats du génie et de la pensée, qui, semblables aux anciens Romains, ont, eux aussi, quitté un instant le combat, pour faire, à force de sueurs, le chemin de la victoire et de la conquête. Le moment va venir où la pensée, électrique comme l'étincelle qui la portera, ira, sur les aîles de l'éclair, agiter les peuples jusqu'aux extrémités de la terre. Le génie se lèvera comme un soleil sur le monde tout entier; il sera roi plus que Charlemagne, plus qu'Alexandre. Il pourra, comme le Jupiter des poètes, ébranler la terre d'un seul acte de sa volonté. Il dira comme un Dieu: « Que la lumière soit! » et la lumière sera: *Fiat lux! et facta est lux*. Il dira: « Que le monde soit chrétien! » et le monde sera chrétien. Sublime triomphe réservé peut-être à notre génération, réservé au peuple qui saura le mieux comprendre que le génie appartient à Dieu!...

La gloire lui appartient aussi! Le génie, c'est sa pensée, c'est sa parole; mais la guerre, c'est son bras! Il est le Dieu des armées; du plus haut des cieux, il tient les rênes de tous les empires, il fait marcher les peuples devant lui; et, quand ils n'écoutent plus sa voix, quand ils s'arrêtent ou qu'ils s'égarent, c'est par la guerre qu'il les ramène dans la route qu'il leur a tracée.

La guerre, c'est quelque chose de saint et de sacré, c'est l'expression la plus solennelle des arrêts de la Providence et de la volonté de Dieu. Dans toute bataille, il faut bien le croire, il y a autre chose que de misérables et passagères rivalités, autre chose que des flots de sang répandu. Celui qui a fait l'homme à son image, le laisserait-il se détruire, sans autre fruit que d'engraisser avec ses débris quelques sillons d'un étroit espace de terre? Dieu et l'humanité sont toujours au fond de la lutte. Il y a toujours là deux idées qui se débattent, en même temps que deux peuples, dont l'un veut avancer, l'autre rester stationnaire; et c'est celui qui veut avancer, qui l'emporte toujours. Voyez la Grèce, voyez Rome, voyez la France! La raison de la gloire d'un peuple, de son agrandissement, c'est toujours le progrès de ses idées. Quand il s'arrête, soit parce qu'il a fini sa mission, soit parce qu'il a cessé de la comprendre, il tombe.

Les Césars tenaient encore dans leurs puissantes mains le sceptre du monde, quand une Religion nouvelle, sortie des Catacombes, se présenta devant eux. Elle portait d'une main une croix, de l'autre un livre qui contenait des paroles pleines d'amour, et une liberté bien supérieure à la liberté romaine ; car celle-ci ne connaissait pas l'esclavage, et elle disait : « Ne faites pas aux autres ce que vous ne voudriez pas vous être fait ! » Elle s'écriait : « Je suis descendue du ciel pour allumer le flambeau de la vérité dans ce Panthéon où vous avez abrité toutes les erreurs de la terre : Dieu m'a donné l'avenir et le monde. Enfants de Romulus, qui vous mourez de corruption, faites-vous chrétiens, et je vous apprendrai comment on bâtit une ville éternelle !... »

Rome, livrée à ses sophistes, ne comprit pas ce noble langage, elle refusa de marcher... Aussitôt les Goths, les Vandales, et d'autres peuples innombrables qui se disaient poussés par le souffle de Dieu, vinrent, sous les coups redoublés de leur aveugle marteau, effacer de la terre l'idée qui avait fait son temps. Et quelques siècles après, Rome, aux pieds d'un roi barbare, aux pieds de Charlemagne, apprenait qu'un empire se tue quand il repousse la mission de Dieu ; que, pour marcher à la tête de l'humanité, il ne faut point être aveugle comme ceux qui n'ont d'autre religion que le doute et un matérialisme grossier ; qu'il faut désormais porter dans sa main, avec le sceptre, le flambeau de la civilisation et de l'Évangile ; qu'il faut avoir dans son esprit et dans son cœur, imprimer comme nous sur la terre avec du sang l'idée la plus progressive, la plus féconde, l'idée la plus libre et la plus généreuse : l'idée chrétienne !

C'est à la vue du Géant du Tibre tombé sous la croix, c'est devant ses débris qui couvrent la terre de leur ruine immense, que le vainqueur d'Arcole, méditant cette grande leçon, comprit tout ce qu'il y avait de puissance et d'immortalité dans l'idée qui avait anéanti tant de grandeur. Il comprit que la gloire était devenue française, parce que la France était devenue chrétienne. Il laissa Rome à Dieu, afin que Dieu lui laissât le monde. Avant de commencer le cours de ses conquêtes, il imposa silence à l'incrédulité, et il ouvrit, pour y abriter sa gloire, pour l'imprimer sur une chose encore beaucoup plus durable que son génie, il ouvrit les temples, laissant à notre génération, comme l'a dit naguères une bouche éloquente, la mission de les remplir.

Et c'est vous qui les remplirez ! A vous de réaliser l'espérance du grand Homme, à vous d'achever son œuvre, de faire saint tout ce qu'il a fait grand, tout ce qui s'est levé grand après lui !

Faites saint le génie, faites sainte la liberté qui est venue s'asseoir sur ses lauriers, et, jaloux de la conserver, rendez-la chrétienne, comme la gloire qui fut son berceau. La liberté rougit toujours d'un peuple qui la confond avec le droit de mal faire, et le dernier des Romains désespéra d'elle, quand il put dire « La vertu n'est qu'un nom. » Elle aussi doit être faite de foi, et porter le nom de Dieu écrit sur son front, comme les monuments de nos pères, comme tout ce qui sort immortel de la main de l'homme. Jeunes-Gens, ne l'oubliez jamais, souvenez-vous toujours que la religion, plus encore que la philosophie, est la base et le couronnement de toutes choses (1), que tout ce qu'on bâtit sans elle on le bâtit sur le sable, que tout ce qu'elle ne couronne pas demeure imparfait. Souvenez-vous toujours que les peuples ne conservent les grandes missions que par les grandes vertus, que, pour jouir long-temps de la liberté, du génie, de la gloire, il faut savoir les comprendre, et surtout les mériter!

Jeunes-Gens, je ne vous en dis pas davantage, je ne veux pas retarder plus long-temps votre triomphe et le moment heureux où la victoire va

---

(1) Bacon a dit : La philosophie est la base et le couronnement de toute science

vous récompenser d'une année de travaux, où, devant vos mères si heureuses de l'entendre, nous allons vous dire que nous avons été contents de vous. Il ne viendra pas cette fois vous en féliciter, ce Pontife bien-aimé, dont la belle parole jetait tant d'éclat sur nos solennités, dont la présence ajoutait un si grand prix à nos couronnes! Mais la Providence nous a ménagé une consolation au milieu de nos peines, et elle a mis une grande joie à côté d'un immense regret : elle a conduit au milieu de nous un Prélat illustre, qui, lui aussi, porte dans son âme de généreux sentimens et sur ses lèvres une éloquente parole; lui aussi, en venant au milieu de nous, y porte assez de gloire pour jeter un beau reflet sur nos couronnes, y trouve assez d'amour pour léguer aux lauriers, que sa main va nous donner, de touchants et de bien doux souvenirs.

La Muse Hébraïque.

ODE.

—

Un autre évoquera les Muses de la Grèce ;
Un autre, sur les bords qu'arrose le Permesse,
A ses divinités offrira de l'encens :
Moi, j'ai voué mon culte aux chantres de Solime,
Dont la céleste voix, comme un écho sublime,
    A du ciel redit les accents.

Muse des anciens jours, mère de l'harmonie,
C'est toi qui, la première, as, des chants du génie,
Salué l'Eternel et le jeune univers :
Tu dis du Créateur l'œuvre grande et féconde,
Et le premier soleil qui brilla sur le monde,
Nous luit encore dans tes vers.

Le temps dont tout subit l'inévitable empire,
Le temps a tout détruit; mais tes chants et ta lyre
Bravèrent le pouvoir de l'homicide faux;
Les siècles sont passés sans te laisser de rides,
Tu demeuras debout avec les Pyramides
Sur les débris et les tombeaux.

Arche miraculeuse, au milieu des naufrages,
Seule, tu surnageas sur l'abyme des âges,
Des saintes vérités gardant le souvenir;
L'homme a, sous tes pinceaux, retrouvé son histoire,
Sans toi, vaste débris, le monde, sans mémoire,
Serait muet pour l'avenir.

Du sein du noir chaos tu vis le jour éclore,
Tu le vis, souriant à la première aurore,
S'élever dans les airs brillant et radieux :

Tu vis la nuit naissante étendre au loin ses voiles,
Et sa féconde main répandre les étoiles
Sur le dôme azuré des cieux.

L'Eternel t'apparut, quand il vint sous la tente
Où le vieux patriarche et sa famille errante
Offraient au voyageur l'humble hospitalité ;
Tu le vis, quand les cieux sous ses pieds s'abaissèrent,
Quand la mer recula, quand les monts s'inclinèrent
Sous le poids de sa majesté.

Tu vis et tu chantais, et ta lyre magique
Fit passer dans ses chants le tableau magnifique
Des prodiges sans nombre opérés à tes yeux :
Tel, quand l'aigle s'élève au séjour du tonnerre,
Son regard enflammé réfléchit sur la terre
L'éclair qui brille dans les cieux.

Que j'aime à t'écouter, quand, au sein des orages,
Tu me peins l'Eternel entouré de nuages,
Faisant trembler les monts sous son char lumineux;
Ou quand ta voix, semblable à la mer mugissante,
Fait frémir les cités, et sécher d'épouvante
Les monarques audacieux !...

Quel fléau t'a frappée, ô fière Babylone!
Toi que vingt rois muets adoraient sur ton trône ?
Soulève tes débris, grande ombre, réponds-moi :
Quelque guerrier puissant t'a-t-il lancé sa foudre,
Ou le feu dévorant qui mit Sodome en poudre
    Serait-il descendu sur toi ?

Quel silence !.. on n'entend dans tes palais funèbres
Que les cris des hibous volant dans les ténèbres ;
Le voyageur t'appelle et tu ne réponds pas;
Seulement, une voix dit, dans l'écho sonore,
Comme un foudre fumant qui meurt et gronde encore :
    « Elle est à bas!.. elle est à bas! » (1)

O ma Muse, c'est toi ; tes accents redoutables
Passaient, comme un fléau, sur les peuples coupables ;
Les palais, à ta voix, devenaient des tombeaux.
Tu parlais, et la mort, à tes ordres fidèle,
Abattait les cités, avec sa faulx cruelle,
    Comme de fragiles roseaux.

---

(1) *Cecidit... cecidit.*

Quel deuil! quel désespoir! Quand ta voix effrayante
S'élevait dans les airs, lugubre et gémissante,
Comme le bruit confus des mourantes cités;
Quand ta sinistre voix, planant sur leurs murailles,
Parlait de leur trépas, chantait leurs funérailles
A des peuples épouvantés;

Quand Ninive, vouée à la fureur divine,
Dans ta voix en courroux écoutait sa ruine,
Et, vivante, assistait à son dernier soupir! [combe!
Dieu, quels tableaux!.. C'est Tyr, c'est Assur qui suc-
J'entends encor leurs cris; je vois s'ouvrir la tombe
Où leur grandeur vint s'engloutir!

Qui pourrait, sans respect, entendre tes oracles?
O Muse d'Israël! tes chants sont des miracles.
Oui, l'Eternel sans doute a parlé sous tes doigts;
Il est le Tout-Puissant, il a fait le tonnerre,
Il étendit les cieux, il a créé la terre;
Mais son chef-d'œuvre, c'est ta voix.

Oui, ce livre est, mon Dieu, ton plus sublime ouvrage;
En traits moins éclatants tu gravas ton image
Sur les mondes sans nombre échappés de tes mains;

Ce furent là tes jeux, ô puissance infinie !
La Bible est ta pensée, et l'éternel génie
Respire dans ses chants divins.

Si le jour, du Très-Haut oubliant la mémoire,
Cessait de dire au jour sa puissance et sa gloire ;
Si les astres jaloux nous taisaient sa beauté ;
Le génie, en ce livre où resta son empreinte,
Comme au désert Jacob, plein d'une terreur sainte,
Trouverait la divinité [1].

---

(1) *Verè Dominus est in loco isto.*

MÉLODIES.

I.

La Mère de Moïse [1].

Toi, que condamne une loi trop cruelle,
Dors, mon enfant, sur ce léger berceau!
Demain sur l'onde il sera ta nacelle,
Peut-être, hélas! sera-t-il un tombeau!
Anges des cieux, couvrez-le de votre aîle!
Ah! puisse-t-il n'être pas son tombeau! *(Bis.)*

(1) Cette Mélodie et celles qui suivent ont été faites pour la musique de Schubert.

18

Le ver impur, sous la feuille légère,
Peut se soustraire aux feux brûlants du jour;
Et la colombe a le sein de sa mère
Pour se sauver de l'ongle du vautour.
Moi, je n'ai pas un abri sur la terre
Pour te cacher, ô fruit de mon amour! *(Bis)*

Toi, qui soutiens au milieu des orages
Le nid de mousse où l'alcyon s'endort,
Guide sur l'onde et sauve des naufrages
La nef fragile où j'ai mis mon trésor;
Fais-la voguer vers de plus doux rivages,
Donne à mon fils une mère et le port! *(Bis.)*

II.

LA FILLE DE JEPHTÉ.

—

Sur ces monts qu'il colore
Le jour va venir ;
Mes Sœurs, c'est ma dernière aurore,
Je vais mourir !...

Du bûcher j'ai vu la flamme.
Du peuple entendez-vous la voix ?
Le prêtre à l'autel me réclame,
Adieu pour la dernière fois !

Adieu ! vous que j'aimais, ô riantes campagnes,
O prés fleuris que foulèrent mes pas,
Lys aimé du Carmel, cèdre roi des montagnes,
Et toi qui des yeux m'accompagnes,
Toi qui meurs, ô ma mère, hélas !

Je meurs ! et je suis vierge encore !
Nobles aïeux, votre sang va périr !
Oh ! laisse-moi, Dieu que j'implore,
Presser un fils dans mes bras, et mourir ! (*Bis.*)

Sur ces monts qu'il colore
Le jour va venir ;
Mes Sœurs, c'est ma dernière aurore,
Je vais mourir !...

III.

LA CANADIENNE.

—

Sous ton ombre, ou la nonpareille
Cache le fruit de ses amours,
Reçois mon enfant qui sommeille
Du sommeil qui dure toujours !

A l'heure où le zéphyr murmure
A travers tes rameaux fleuris,
Lorsque l'oiseau sous la verdure
Eveille, en chantant, ses petits,

Tu berceras l'ombre légère
Dans la natte où j'ai mon trésor,
Et l'enfant croira que sa mère
Entre ses bras le berce encor.

IV.

S.te CÉCILE SUR LE BUCHER.

—

Des célestes phalanges
J'entends les doux concerts ;
Pour m'accueillir, des Anges
Les rangs se sont ouverts :
Mes Sœurs, une hymne encore !
Du jour prêt à venir
Cette flamme est l'aurore ;
J'achève de mourir !...

L'hymne que je commence
Va se finir aux cieux.
Accourez ! je m'élance,
O chœurs harmonieux !
Je ne sens plus la terre.
Mes Sœurs, pourquoi gémir ?
Un nouveau jour m'éclaire,
Oh ! ce n'est point mourir !. .

Table des Matières.

www.ingramcontent.com/pod-product-compliance
Ingram Content Group UK Ltd.
Pitfield, Milton Keynes, MK11 3LW, UK
UKHW031904260826
14628UKWH00002B/990

9 782012 995529